多瑙河峡谷

冯骥才 著

作家出版社

图书在版编目（CIP）数据

多瑙河峡谷 / 冯骥才著 . —北京：作家出版社，2022.1
ISBN 978-7-5212-1616-5

Ⅰ.①多… Ⅱ.①冯… Ⅲ.①中篇小说—小说集—中国—当代②短篇小说—小说集—中国—当代　Ⅳ.① I247.7

中国版本图书馆 CIP 数据核字（2021）第 241076 号

多瑙河峡谷

作　　者：	冯骥才
责任编辑：	钱　英　杨新月
装帧设计：	孙惟静
出版发行：	作家出版社有限公司
社　　址：	北京农展馆南里 10 号　　邮　　编：100125
电话传真：	86-10-65067186（发行中心及邮购部）
	86-10-65004079（总编室）
E-mail:	zuojia@zuojia.net.cn
http://www.zuojiachubanshe.com	
印　　刷：	北京盛通印刷股份有限公司
成品尺寸：	144×210
字　　数：	129 千
印　　张：	6.875
印　　数：	001-10000
版　　次：	2022 年 1 月第 1 版
印　　次：	2022 年 1 月第 1 次印刷
ISBN 978-7-5212-1616-5	
定　　价：	48.00 元

作家版图书，版权所有，侵权必究。
作家版图书，印装错误可随时退换。

目　录

1　　　多瑙河峡谷

67　　枯　井

93　　跛脚猫

141　　木　佛

187　　我是杰森

多瑙河峡谷

一

　　我喜欢这年轻人的气质。

　　当表妹肖莹把他领来时，我感觉我的眼睛一亮——他像芭蕾舞中的王子。修长而挺拔的身子，长长的腿，更准确地说是长长的小腿，我喜欢这种小腿长的人。我说他像王子，是他高耸的额头和直鼻梁的线条清晰优美，下巴微微翘着，使他的脸上平添了一点王子特有的"高贵"，还有一种雕塑感。他明澈与柔和的目光在深陷的眼窝的阴影里闪着光亮。青春的气息向来是年轻人特有的优势。青春使这个年轻人富于生命的魅力。我感觉他身上有一股冲劲。

　　肖莹对我说："这就是我跟您说的江晓初。"

　　江晓初冲我一笑。这一笑也讨人喜欢。

　　我对他说："你看上去更像一个搞艺术的。"

笑容出现在肖莹白净又清秀的脸上。她很高兴我这么说。

我这么说,是因为我知道江晓初是学医的,是一位年轻的牙医。牙医需要这么漂亮吗?

我这表妹是舞蹈演员。我想,她可真会找男朋友。她从来没有交过男朋友,愈没有朋友就会愈猜不透她择友的标准。现在明白了,原来她一直等待这样一个男子的出现。这男子更像她的舞伴,她选择男朋友是舞台选演员的标准吗?这江晓初愈看愈和舞剧中的王子一模一样。她可真有本事!究竟用什么办法才从芸芸众生中把这个"王子一般"的年轻人找出来的?我怎么从来没碰见过这种形象的人?

而这个年轻人和肖莹又是如此般配,无论身高、体形、形象还是气质,他们都是天生一对。

我说话喜欢开门见山。尤其今天肖莹和江晓初不是来串门的,而是有事请我帮忙。我接下来的话便直入主题,我对江晓初说:"说说你的想法。"

他的回答出乎我意料,甚至叫我有点吃惊。他说:"我没有太多想法,只想出国。"

出国是上世纪九十年代年轻人中一种极时髦的潮流,一个充满欲望的痴人的梦。没想到他表达得如此直接,如此急切。

我有点吃惊。社会发展真快，相隔五六岁居然就有"代沟"了。

我告诉他，我没办法帮助他到国外去当医生，在国外当一个职业医生很难，需要很多硬性的条件，我只能介绍他去国外上学，而且只能是去欧洲的几个国家留学，美洲那边我没熟人，日本也没有。在随后的交谈中，我得知他的身世——他是孤儿！从年龄上看，他应该是唐山大地震的孤儿。初次见面，我没有深问，孤儿身上总有看不见的伤痕，怕被触及。我问他到国外是否还学医。他说自己在医学院毕业后就一直在医院工作，已经极其厌烦医院了。他笑道："我真受不了每天一上班，就有许多嘴朝我张开。"他接着说："我还受不了医院天天都是一样、没完没了重复的事。还有咱中国人之间的琐琐碎碎，弄不好就裹进是非里。"

肖莹说："他想出去重新上大本。上大本时再选择专业。他爱好很多，文学、艺术、摄影，他还喜欢当摄影记者。"

肖莹把他说成文艺青年了。她知道我喜欢热爱文化和艺术的年轻人。

我笑着对江晓初说："我不明白你当初为什么学医。"

"我听信了一种说法：学艺术不如学技术。技术学到手，就有饭吃，艺术虚无缥缈，很多人干了半辈子艺术，还是不上不下，没有着落。"他说。

"你说得有道理,但还是因人而异,肖莹不是很成功吗?"我说,大家全笑了。我接着对江晓初说:"看来你现在的目标是先出国,一切走着瞧?"

江晓初点头说:"是这样。出去闯,相信我能行。"

我对肖莹笑道:"你是不是放行?"

肖莹说:"关键是这事是不是很难办?"

我打趣地说:"你要开红灯,这事就没法办;你要开绿灯,这事就不难办。"随后我扭脸对晓初说:"我来帮你吧。"

听到我这话,他俩都笑了,笑得释然,这一笑我发现他俩很像。是因为这笑里有同样的心情、同样的谢意,还是他们确实很般配,连笑都一样?

肖莹说:"表哥更是帮我。"

我对她开玩笑地说:"我在帮他,怎么是帮你?"

这句话叫肖莹一边笑眯眯,一边羞得不知何以作答。

我这表妹很可爱。她很美,她不仅在舞台上美,所有姿态全美;款款地走在街上美,静静地坐在那里也美。这种美不是外表的,而是骨子里的、生命气质里的,也有渐渐从艺术里滋养出来的。我这么说,可别以为我对这个表妹有什么暗恋。她是我姑姑的独生女,姑姑家和我家同住在一条街上。我们两家隔着十来个门。她小我六岁，比我妹妹家慧大一岁，自小我们三人就在这条树影婆娑的老街上跑来跑去。从与同一条街上的孩子们在各家的门洞之间玩捉迷藏，直到后来背着书包上学，再往后便是长大有了各自的生活。我们没有疏远和陌生，始终来来往往。童年那根悠远绵长、看不见的绳子始终牵扯着我们彼此。她与我有联系，是因为她与我有共同的热爱——音乐与文学。她与家慧则像闺蜜一样一直无话不谈。特别是肖莹的母亲闹病去世，姑父另娶，肖莹的继母是一个话多和嘴碎的女人，爱挑刺儿，难以接近。肖莹每每碰到了费琢磨的事，都会来我家找家慧说说。家慧虽然岁数小一点，却比肖莹更有主意，有决断力，脑袋灵光，性情爽快，像个男孩。肖莹的性格似乎刚好相反。她文气、内在、安静，不喜欢与人交往，也就不大会看人，待人处事全凭感觉，就像她跳舞。她跳舞绝非表演，不是跳给人看，而是在释放自己身心的能量和对美的感觉。然而，太凭感觉的人就容易太自我。尽管她的舞蹈感觉极好，由于平日不去观察别人，也就不能深入和演好角色；她很难成为一个舞剧的主角，只能跳独舞。她的独舞跳得十分出色，在国内的舞坛已经相当惹人注目了。她跳的《观音》有一种至高至纯至美的神圣感。每逢碰到舞蹈大赛或者国际交流，她都是团里最硬的一张牌。但舞蹈团中向例有个不成文的规矩：如果不能出演舞剧

9

中的"女一号",就不能成为团里的头牌。

可是她不在乎这些,跳舞在她身上,好像自小就是一种自娱和自享。她活得自我。她有一点封闭。她一直没有男朋友,是不是在等她的"白马王子"?今天我第一眼看到江晓初,便知道伴侣中的"神品"绝不是从人世间找来的,而是上天恩赐的。于是,我总觉得今天自己答应给他们帮忙,不是帮助他们走到一起,而是促使他们分开,天各一方。想到这里,有点不安。过后我找来肖莹问道:

"你想和他一起出去吗?"

"他说,他先把自己安稳好,再接我去。"

"那你就要离开你热爱的舞蹈了?"

她迟疑了一下,说:"没想那么多,还不知他将来会做什么呢!他除去做医生,没有其他专长,但他说他会在国外找到满意的工作。"

看来,他们对自己的未来并没有计划,种种想法都是一种愿望,一种一厢情愿,这可不大妙。我问她:

"我看晓初一门心思要出国,并没有充分准备。你凭什么相信他行?"

"他从小一个人,一切全是自己闯出来的。他确实有能力。他才到口腔医院两年多,已经是门诊部绝对的骨干了。"

"现在他干的是他的专业，出去可要重新从零开始。他没有目标，国外的环境并不一定像他想象的。如果要等到他在外边一切安稳下来，可能会很久，你想到了吗？"我说。看到她眉心微蹙，便笑着问她："他是不是有点任性？你是不是有点宠着他？"

肖莹露出笑容，未答。这叫我生出一点担心了。我不好直说，换了一个很感性却又是最根本的话题问她："他很爱你吗？"

对于我这个大表哥，肖莹一直肯说心里话。她说："就像我爱他一样。"她说得郑重其事。

我是"过来人"，我知道初恋者都以为他们心中的爱情像一张纸的两面。虽然肖莹是大姑娘了，这次仍是初恋。

这反而使我更加不踏实了。

我一直想找个时间与她好好聊聊，总也找不着合适的时间。一方面这阵子我负责长江三角地区一个园林设计的项目，开工在即，需要不断地赶飞机赶火车跑过去；一方面是肖莹正在编一个新的独舞。她一进入创作，就如同走火入魔，别想把她从中拉出来。另一方面是给江晓初联系的事进行得十分顺利，愈顺利，办各种出国手续的时间要求就愈紧。

为晓初联系出国这件事情之所以如此顺利，是因为我想到一位老朋友乔一鸣，这人岁数比我大七八岁，我叫他老乔。人长得又黑又壮，年轻时好踢足球。上海出生，在东北长大，说话已经没有上海口音了；性格也更像北方人，热情义气，喜欢社交，爱帮人忙。当年他在北京一家报纸做新闻记者，我和他彼此有缘，见两面就像老友，只要去北京办事开会，就约他聚聚。有时有事，彼此帮忙。他是一个把别人的事当作自己的事的人，没有任何功利念头，这种人做朋友靠得住，甚至很难得。可是后来他辞职跑到奥地利，帮一位朋友办了一家木材公司，他人厚道、能干，却不适合做买卖，公司没有办下去，人却留在那里了。现在与寓居在法国、德国的几个熟人合办一张华文小报，取名叫《欧华周报》。老乔有记者经验，做报纸是行家里手，报纸的"总部"就设在奥地利，实际上就在他家里。据说他这份小报在欧洲华人圈中还小有名气。他常年住在维也纳，我没去过那里，只听说维也纳是欧洲音乐之都，古老又漂亮，历史上活跃在维也纳的音乐大师多得数不过来。但我对于乔一鸣个人的"风景"，却知之不多。

　　我给乔一鸣发了邮件，说了江晓初的事，求他协助。原本只是投石问路，没抱希望。谁想到他立即答应了，并立即行动起来。就像蹲在起跑线上的运动员，听到我一开枪就飞奔起来，而且不到一个月就办好了三件大事。一是联系好一所兼学习德文的补习学校，这是考取奥地利大学必须经过的跳板。二是有了住处，老乔说晓初初到维也纳可以暂住他家。他新近在市内三区买了一幢小楼，上下两层，楼上住人，楼下办公办报，而且有空房，晓初可以"落脚"。三是晓初还可以帮他的报纸做点事，他管他吃饭。

这三件事，可就把那时代一个年轻人出国在外"人吃马喂"最挠头的事一揽子全解决了。我打电话把肖莹叫来一说，我可从来没见肖莹这么高兴、这么喜形于色过。她没听我把话说完，就要去给晓初报信，她转身过猛，咣当一声撞在门框上。我这屋原先是库房，门框包着铁。我吓坏了，怕撞伤她的脸。她扭过头，幸好脸没破，没流血，但额头很快就鼓起一个包来。她依然笑着。这笑是为了告诉我她没有伤着，还是撞了这一下也丝毫没有惊走她心中的喜悦？跟着她摆摆手跑了。

江晓初出国之前的两天，与肖莹，请我和家慧在起士林二楼吃西餐，表达对我的谢意，这也是大家为晓初送行的晚宴。当然，对于肖莹就有告别的意义了。

她在餐桌上点起蜡烛。我发现，烛光亮起时，在她眼眶中有一点晶莹的闪光。

这天，肖莹对晓初明显表现得有点"黏"。肖莹是个羞于表露内心情感的女孩儿，有人说她这个性格限制了她的舞台魅力。

舞蹈团的齐长松导演说肖莹如果早恋就好了，唯有恋爱可能改变她；谁料她的天性反而致使她晚恋。可是，今天不同了。她的恋人马上就要相去万里。两块磁铁在拉开之时磁力最大。家慧说：

"肖莹姐，你能不能坐得挨我近一点儿？我和你二十多年没分开过。他与你可才一年。"

肖莹只笑不答，反而挪动一下身子，更靠近晓初。这使我有点吃惊。她从来不这样大方和外露。她担心将来这样的机会不多了吗？我对江晓初说："你可要保证，将来一定把肖莹接到维也纳去。除非你在那边待不住——回来！"

江晓初带着即将奔赴理想而远行的兴奋，也带着被葡萄酒激发起来的冲动，大声说："我无论在哪儿，肖莹都在我身边，在我心里——有她我才有目标。我一定要让她坐到维也纳的金色大厅里，我发誓！"

他的话，他的誓言，他的真挚，在灯光、烛光和美酒佳肴的五彩缤纷中闪耀着光芒，更在他自己眼睛里闪烁着光芒。这光芒是美丽的、真纯的、毋庸置疑的。可是如果把它放在漫长的时间里，放在曲折复杂、充满尘污、难以预知的生活现实里，还能永葆这样的明洁与清纯吗？我比他们年长一些，经历得多一些，我已经不敢轻易地发出人生的誓言了。我们谁也不知道明天什么样子，对明天毫无准备。我们多半时间是在盲目地前行,看不见水下的险滩与潮流的暗转。爱情就更不可靠。因为,爱是个人的事,爱情是两人的事。爱情是把自己的一半交给对方。如果对方把这一半带走了怎么办?

看着笑盈盈的肖莹额头上前两天撞起的那个疙瘩,在跳动的烛光中一闪一闪异常地发亮,我心里隐隐有一点不安。

跟着,我又笑话自己——无缘无故担虑什么?江晓初不是和肖莹正在挚爱彼此,追求着他们美好的未来吗?他们的真诚应该被怀疑和猜疑吗?应该举起酒杯祝福他们才是。

二

既然是为自己喜欢的人办事,那就一定要办好。

江晓初刚到维也纳的一段时间,我好像在天天监控着他,我知道他的全部信息。从他闹时差,吃维也纳炸鸡,到坐错地铁,以及他所有的衣食住行。这些信息一半来自老乔,一半来自肖莹。更私密的信息是肖莹告诉家慧,家慧又透露给我的。

晓初说,一天空闲,他拿出多半天时间,徒步游览了维也纳市中心那条闻名世界的环形大道——戒指路。当他穿行于那些千姿万态、华美近于奢侈的巴洛克建筑之间，仰望蓝天白云下伫立在楼顶与墙巅的无以数计的古典雕像时，他心里只有一个渴望——肖莹快快来到身边。他要和她共赏。

这个心灵的信息自然来自肖莹。

这一阵子，老乔不断地给我发来邮件。从老乔的字里行间看得出他和我一样——很喜欢晓初。他夸赞他聪明勤快，做事积极主动，不怵与人打交道，而且文笔也不错，写东西不费劲，叫老乔高兴。他这些优点，正适合办报。很快，他就成为老乔一个助手了。办报事杂，既有内勤也有外勤。晓初无论学什么一学就会。不仅能用电脑处理一些文字的收发，编务上的事全能上手，晓初喜欢摄影，也在报纸派上了用场。老乔说，这种人才在奥地利花钱也雇不到。老乔说不能白使唤人，每月支给他一些零花钱。人在异地，总得用钱。晓初口袋里有钱，便不时去逛街，维也纳是旅游名城，诱人的小店小铺多的是，他经常买些好玩好看又有欧洲风情的小东西寄给远在天边的肖莹。如此顺顺当当开始的海外生活叫江晓初天天兴致勃勃。

在晓初心里，老乔是恩人。老乔的夫人待他也十分好。乔夫人的中文名字很美，叫知春，是一位匈牙利血统的奥地利人。金头发，黑眼睛，瘦而轻快，人在好看和不太好看之间，微笑几乎就是她的面容；而且知春是个善解人意和体贴的女人。她和老乔没孩子，全部精力用于操持家务，兼也肩负报纸中与德文相关的工作。她的中文很好，平时在家与老乔用华语说话。

现在，知春多了一份差事，就是照顾初来乍到的江晓初的生活起居。她在用华语与他交谈时，有意加进一些德语词汇。他不懂时，她就教给他。她成了他的德语教师。用这样的方式学习外语成效极好。现在，晓初在他的补习学校语言课的德语成绩是最优秀的了。

身在异国的晓初，真的没有把肖莹撇在万里之外的国内，而是时时刻刻放在身边——心里。他通过网络几乎天天与她交谈。把他的一切新奇的所见所闻、感受和感动，尤其是对她的思念告诉她。他告诉她"现在才知道，真正的折磨是思念"。这叫她流下泪来。肖莹很少流泪。家慧只见过几次，一是她失去母亲，一是由于继母过分地欺负她。这一次，当家慧把她抹泪的事告诉我，我吓了一跳：

"怎么，他们出了问题吗？"

"你想到哪儿去了？"家慧说，"她想他，想得受不了。"

有一次，老乔与我通电话时告诉我，他和知春在晓初外出办事、没有关机的电脑屏幕上看见一个女孩子的照片。他问是不是我表妹肖莹。他们说从没有看见这么美的女孩子的照片，不是漂亮，而是美。既有东方的美，也有现代的美。知春说绝对比你们那些炒得火热、搔首弄姿的女明星美。她的美没有任何包装，是一种本色的美。

我说，她气质和品质更好。

老乔问我：

"晓初与她很要好吗？恋人吗？"

"当然。"

"晓初为什么撇下她跑出来？"老乔说，"你表妹为什么同意他出来？他连专业也没有，一切要从零起步。"

"他对国外有很大的幻想，他要去闯一闯。"

"你表妹为什么不跟他一起出来？"

"放不下她的舞蹈吧。她太爱舞蹈了。"

老乔沉下声来，没再说话。

三

女人因爱情而美丽。

爱情使她容光焕发，使她变活泼了，使她的声音提高了两个音阶;肖莹过去笑时是不发声的,现在居然发出笑声了。她还倾心于外表。

或者用一个音符造型的发卡把脑袋后边的头发推上去,露出发际线下长长的粉颈,或者把阿尔卑斯山的山民草编的两三枝花朵的小别针,别具风味地别在淡朱砂色毛衣胸前的地方。先前,她穿什么戴什么,只是一种自享,与他人无关;现在是希望别人看到——这不只是炫耀于美,更是想把带着晓初影子的奥地利风情的小东西戴在身上,叫人看见。

她关不住自己心中的爱了。小小的院子关不住满园的春色了。她想叫心中的秘密公开?

自我们长大之后,肖莹不常来我家。可是从晓初出国后,她三天两头会来,当然更多时间是来找家慧。过去她心里的事很少与人说,甚至不与我们说,现在心里的事却忍不住要说。不过,她们女孩子的事如果不对我说,我也不问。反正都是与他人无关的悄悄话吧!可是一次家慧告诉我一件事,引起我的关注。这就是在晓初出国之前,肖莹和他闹过一次别扭。根由是肖莹不愿意他出国。她不同意晓初扔掉自己的专业,到海外去闯荡,没有目标,而且充满风险。但这还不是她最根本的理由。两人吵着吵着,肖莹把压在心里的理由喊了出来:"一个人真爱一个人时,会抛下她去追求一个不切合实际的空想吗?"

可是，晓初反问她："一个人真的把自己交给另一个人，为什么不跟着他一起走？"

"你想叫我放弃舞蹈？"

"你想叫我永远给人拔牙、镶牙？"

家慧说："现在我才知道，他俩曾一度争执得各不相让。虽然没有出现裂痕，但谁也说服不了谁。"

我说："我们可一点儿也没看出来。"

家慧说："等到他俩彼此妥协，就笑嘻嘻来请你帮忙了。"

我说："不是彼此妥协，最后还是肖莹妥协了，所以现在是一个走，一个不走，把问题交给未来了。这样一来，他们的将来充满了未知数。肖莹是事业型的女孩子，舞蹈是她的生命，她绝不会轻易放弃舞蹈；可是江晓初为什么偏要出国，我还是不太明白。"

"国外的条件好呗！成功的机会多呗！谁不想？但是有比肖莹还重要吗？这才是关键。"家慧说，"肖莹姐表面温顺，骨子里很拗，但是她最后能对他做出妥协，让他走，还求你来帮他，是因为她太爱他了。"

"所以我说肖莹有点宠他。"我说。

"只求老天善待肖莹姐。"家慧说。

"老天是靠不住的。"我说。

一天肖莹抱来一个大纸盒。解开亮光光的丝带，掀开盒盖，随同着喷涌上来的五光十色是一种异香，令人愉快地扑在脸上。她伸手从盒中拿出一件颜色搭配得很谐调的毛衣和毛线帽，还有一盒莫扎特巧克力糖球，往家慧怀里一塞；跟着把一包花种也塞给家慧，说是这些花都是上奥州田野里的花，非常好看，是晓初送给我母亲的，花种的包装袋上印着各种各样诱人的奇花异卉。晓初怎么知道我母亲喜欢种花养花？显然是肖莹告诉给他的。晓初送给我的礼物有点重。其中一盒是音乐光盘，是我最喜欢的奥地利指挥家卡洛斯·克莱伯的作品。我痴迷小克莱伯胜于卡拉扬——这一定也是肖莹对他说的。还有一本厚厚的《奥地利古典建筑》，既精美又专业，细节很多，更是我需要的。我明白，这里边表达着他们对我的谢意。

肖莹一边把礼物从盒子里一样样拿出来，像圣诞老人那样分给我们，一边说："喜欢吗？真的喜欢吗？"我们说喜欢，她便说："太好了，我回头告诉晓初，再买些好玩的东西给你们！"我很高兴她现在这样子。她是他们的主人。

这时，她突然向我们伸出左手。

她的手很美，白嫩的手指又细又长，指尖向上翘。忽见，她中指上有一个东西，晶莹夺目，像阳光下的水滴散发着细碎

而璀璨的光,是一颗戒指!家慧叫道:

"订婚戒指吗?这就是奥地利水晶吗?"

肖莹眯着眼笑,什么也不说,好像期待着家慧说出过分的玩笑。

江晓初一帆风顺,时过半年,已经是《欧华周报》一员得力的干将了。从组稿、校对、编发、请人排版,到跑印厂和组织运输,全拿得起来了。

人的能力一半是老天赋予的,一半是命运造就的。勤快、主动、奋取,大概都与他孤儿的身世相关。当命运夺走他的一切的同时,一定还把个人的能动性灌注到他的身上。

老天赋予他的还不止于此。还有亲和力、足够的精明,人又长得英俊,如果合作方是女人,他办事就若有神助。他有点女人缘。而且,不知为什么,他在拉广告方面似乎很擅长,他还有经济头脑吗?这半年多,《欧华周报》在他手里广告收益直线飙升,报纸的广告版面已经不够用了。报纸广告愈多愈好,这便加了一张报,扩了四个广告版面,可是广告还是挤得满满的。这些广告无形中催动了欧洲华人圈经济相互的沟通与往来,报纸的经济潜能便被开发出来。这意想不到的效应也给老乔开了窍,他决意用报纸给欧洲的华人经济搭台。报纸随之大大获益。

多年来,联系法德一些国家办报的事都由老乔亲力亲为,他里里外外早跑累了,现在就把这些差事交给这个颇有创业欲望的年轻人干。晓初出差跑了几趟法国和德国,很快就把那里实力雄厚的唐人街调动起来。他虽然不懂报纸,但他凭着悟性明白,谁被报纸"弘扬",谁就会关心报纸。他给老乔出主意,明年要扩大董事会,拉几个欧洲最强势的华人企业、华人商会、中国餐馆的老板进入董事会。

这期间,相邻老乔家不远的一个小楼出租,虽然这两层小楼房间不多,但有个挺宽敞的小院,租金便宜,现在老乔手里有钱,报纸的前程光明,就租下了。跟着又买了一辆二手的大众牌商务车,深蓝色面漆,八成新,又能用来办事,又能拉货。看来,老乔野心勃勃,真的要升旗击鼓大干一番了。

他把报纸的办公室从自己家中搬进了新楼。晓初也随之搬了过去,这一来无论生活和做事都独立起来。老乔和知春还教会晓初开车,出门办事方便得多了。自晓初来到维也纳,才大半年时间,居然有一个单独的小房小院,有车开。家慧说,她从肖莹那里看到一张照片,晓初站在报社小楼前,穿一件棕色的粗呢西服外套,倚在车前,神气十足。老乔和知春把这个突然降临到身边的极具才干的英俊年轻人,看作上天对自己的恩赐。他们决不肯亏待他，一改原先的零花钱为一份不薄的工资，还给他投了保险。他已经不再上补习学校了，吃穿不愁了，这算不算"稳定"了？是不是该把肖莹接来——哪怕先接来看一看呢？

我知道的这些事都是老乔时而发来的邮件告诉我的。打肖莹嘴里却听不到多少信息。她天天依旧如常地上班，忙着团里的事，练舞，在市里或到外地演出。偶然从报上得知她新创作的舞蹈《孤独的白孔雀》很成功，受到好评。一句评论说她"意象地塑造出一种孤独美"，给我印象很深。以往肖莹有新的作品，都会邀请我们去看。这次可能她忙，没有送票给我们。我便叫家慧买票，我们悄悄去看。这个舞蹈是她的独舞，从头到尾舞台上只她一个人，像杨丽萍的《雀之灵》。她用绝对纯粹、柔软又坚韧的身体语言，一种含着苦涩的柔韧的动律，表达出一个灵魂的无依无靠。在背景浩荡的江天中，这只失群而落寞的白孔雀，经历苦苦寻找，不断挣扎，求助无应，陷入绝望，最后在一片虚幻中渐渐化为一种孤独的"美"。这美是从孤独中升华出来的吗？

我真的被她这个舞蹈强烈地感染了。

我带着诧异对家慧说："她从哪里获得灵感呢？"

"反正不是从她自己身上。"家慧说，"她说，晓初想接她去维也纳过新年呢!"

这可是好事。他们之间纠结的难题是否会由此一点点松解开?

四

怀疑是事物第一条裂缝。

十二月中旬,肖莹打算去维也纳了。各种兴奋的想象使她的脸上藏不住笑容。晓初在维也纳那边把机票已经订好了。订的是奥航。肖莹向团里请了假,她要在一月中旬回来,晓初给她买了一月二日金色大厅新年音乐会的票,兑现他当初的诺言。这件事可在团里闹开了锅。团里谁也没见过江晓初,到处打听。舞蹈团里几个平日与肖莹相好的姐妹还要在成桂餐厅和她撮一顿,给她送行。

晓初告诉肖莹,说他这两天要去一趟法国,办一件急事。由于这件事与新年第一期报纸的出报相关,他必须亲自去解决。他一定快去快回,保证三天后回到维也纳,转一天一准站在施威夏特机场的候机厅里迎接她。

算起来，加上飞机飞行的九小时，还有七天半。又短暂又漫长。可是，就在晓初到了巴黎的第二天，老乔发来一个加急的邮件，说晓初被巴黎那边的事绊住腿了。这几天回不来，哪天回来说不好，请我通知肖莹先把机票退了，具体改在哪天再说。我一听到这消息有点懊丧，但事出意外，总要顺应。我提醒老乔一句"年前机票会很紧"，老乔只回答两个字"知道"。

这个变化很突然！有点猝不及防。使肖莹一阵手忙脚乱，但忙乱过后，海外并无信息。老乔说晓初还在巴黎，那边事情棘手，正在排难解纷。可是晓初在巴黎自己可以来个电话呀，以往他去德国法国，都会给肖莹来电话，有时一天两个电话。肖莹请我催问，会不会出什么事？"出事"这两个字一说出口，立即叫人不安。

我觉得肖莹的想法合理，我当即给老乔发了一个邮件，追问究竟。没想到竟然得到一个莫名其妙的回答："告诉肖莹别着急，现在来帮不上忙，只有帮乱。"

帮不上忙，什么忙？什么乱？难道真的出了什么意外？是麻烦，还是祸事？我感觉不对，我能直接得到消息的只有老乔，但老乔为什么不回答我？连对我也不能说的一定不是好事。

可糟糕的是，当时肖莹就在我身边。老乔写在电脑屏幕上的这句回答肖莹全看见了。

家慧在一边说:"乔大哥怎么这么说话,什么事还要瞒着大哥吗?肖莹姐去怎么会是帮乱?再问问他,晓初这是什么意思?"

肖莹没出声。我扭头见她脸色发青,嘴巴闭得很紧,似乎憋着一股气。我悄悄打手势叫家慧别再出声,我也不发表意见。冷了一会儿,肖莹忽然说:"我先回去了。请帮我告诉他们——我不去了!"不等我再说什么,她围上围巾,走了。

她关门的声音很响。

接下来的一些天,感觉不好。空无信息,出奇平静,莫名其妙。尤其是老乔,支支吾吾,躲躲闪闪,似有难言之隐。他说的远没有我问的多。他愈说"其实没有什么大事",我愈胡乱猜疑。后来他向我透露出一点"麻烦的原因",是他们与报纸的法国合作方产生纠纷,很麻烦,很棘手。这话还靠点谱。这纠纷是不是晓初工作的不当造成的?如果缘自晓初,晓初理所当然要去处理,排难解纷,把事情摆平。但是晓初自己为什么没有消息呢?其实如果他打一个电话,一切释然。谁都可以理解。特别是只要给肖莹打个电话,哪怕只说一句话几个字:"我一切都好,你放心。"各种猜疑、担心和不安就都没有了。他为什么不给肖莹打一个电话,为什么不露面,他不知道肖莹最希望什么吗?爱,对于对方都是心领神会的。

但是没有。却只有一句"不要帮乱",形同一个拒绝的手势,伸到她的面前。

这使她内心生出的委屈、愤怒、自尊走到前面。她不再寻问,甚至不再猜测。晓初愈没有消息,她心里的犟劲愈强。她好像需要这种犟劲保护自己。她决不给晓初那边打电话,甚至不到我家来了,显然只有我们关切她这件事。

她不提,我们不提,但有人关心。不多天前,她向舞蹈团里兴致勃勃请了假,马上远赴重洋,去上演自己人生华彩的乐章,现在却一下,像一片灯全关了,了无声息,只有她自己孤单和沉寂的身影,就像舞台上那只白孔雀在音乐戛然而止时定格的画面。私下里,一定议论纷纷。人们猜到她突然遭遇变故,却无人敢问一问这位十分自尊的女子。

此时她是超敏感的,这一切她都感到了。

新年过去了,春节一天天临近。本来晓初与她说好,在维也纳过了新年,然后一起回国过春节。整个行程包括每天的节目他们都定好,甚至中餐和晚餐在哪里吃都确定了。晓初给她安排在分离主义美术馆附近的一个四星级小旅店,叫"贝多芬旅店"。分外优雅和舒适,具有美妙的古典音乐的氛围。据说二楼古色古香的客厅里摆着一架黑色的钢琴,还是贝多芬弹过的。

晓初说，一定还要用一天时间带她出城去"瓦豪河谷"，叫她感受到一次"多瑙河的震撼"。一切都说得言之凿凿，现在全成了空话甚至是谎言！

一天，她一个人坐在屋里，忽然忍不住了。就像满天堆积的乌云忍不住要下雨那样。她抓起电话，一下子打到维也纳《欧华周报》的办公室。事情刚出来时，她从早到晚不停地、发疯般地拨打这个电话，但电话像死了一样，始终没人接。今天她以为一定还是这样，但这次铃声只响了三下，立刻接通。对方有人在咔嚓声中拿起话筒。肖莹怔住，说不出话来，只听话筒里传来一个声音。是一个女人的声音，用德语。肖莹不懂德语，以为是对方的接听录音。她下意识地问了一句："是《欧华周报》吗？"

对方竟改用华语："我是《欧华周报》，您找哪一位接听？"

这是一个中国女人！听口音是港台腔，很柔和、客气，彬彬有礼，语速缓慢。报社哪儿来的女人，怎么没听晓初说过？

肖莹说："我找江晓初。"

对方说："噢，您找江晓初先生，对不起，他现在不能接听，他在睡觉。"

肖莹先是一怔，原来晓初在维也纳，而且就在报社！他为什么不给自己打电话？她有点冒火，心想这女人你是谁，怎能拦着晓初与自己通话？她说："我就要他现在接电话！"

对方似乎含着笑说："对不起，女士，现在凌晨五点。您是哪一位？"

对了，中欧之间有时差，维也纳正是凌晨。可是凌晨这女人怎么会和晓初在一起？睡在一起？她脑袋轰地好似热血冲上来，她直问："你是谁？"

"聂宛如。"她柔柔地说，"我是报社办公室的秘书。您呢？"

肖莹已经控制不住自己。她好像已经看见晓初在床上拥着被子呼呼大睡的样子。完了。自己彻底被欺骗了！她啪地摔了电话。

我是十多天之后知道的这件天塌地陷的事。是肖莹主动告诉给家慧的。她不主动对我说，她知道家慧会告诉我。家慧说，她约家慧到一个日本料理馆子里，把那天凌晨通电话的全过程原原本本告诉给家慧。她出奇的平静，说话不动声色，好像说别人的事。她能用十天时间就把心中的一块腐肉剜出来扔掉，中间经过怎样的痛苦与抉择，可以想象得到。现在她浑身上下已经没有一点奥地利的影子了。她穿一身深灰，墨色的长大衣，一条浅灰色的围巾。没有任何饰品。苍白的脸有些瘦削。她似乎在为自己的昨日送葬。

家慧说:"我蛮佩服她的。这件事对于她像脱了一层皮,但裹着这层死皮她没法活下去。"

我惊讶又愤怒,可是我还是觉得这件事挺蹊跷。原本肖莹即刻就要奔赴维也纳,开始她与晓初的浪漫之旅,怎么会突然蹦出这个聂宛如?不可思议的变化!一件事从一个极端跳向另一个极端,中间一定有一个非同寻常的缘故。这里边会不会有一个天大的误会?可是晓初人在维也纳,却一直没有电话,而且凌晨与一个陌生女子同睡在房间里,这是事实,千真万确的事实!怎么解释这个事实?只有问老乔。我给老乔打电话,把肖莹与这位聂宛如通话冲突的事,以及肖莹现在的态度统统告诉老乔。没料到老乔竟然说:"只能是这样的结局了,肖莹认可了,便是最好的结局。"

他还是没告诉我事情的真相,也不对晓初的态度做任何解释,甚至绝口不提聂宛如是什么人,似有难言之隐。我想不出这件事的真正原因。凡我能想出的种种可能,最后都被我自己否定。我甚至想远赴奥地利去探明究竟,但我还能够拯救这场情感的灾难吗?能使这已经摧折的树木生还如初吗?看来一切无可挽回了。事已如此,只能顺其自然。我无须再刨根问底,只望我的表妹少受伤害。

五

生活不知不觉地翻过了一页。

在它万花筒般令人眼花缭乱的变化中,最根本的变化还是在我自己身上。

我的妻子费尽心机,终于从她工作所在的无锡调回到我身边。我们买了房子,由父母的家里搬了出去。我们把存款几乎用光,加上贷款,只能在接近西郊的新社区柳江东买到一个两室一厅的公寓房。还好!这个新建小区的风格倾向于当今世界流行的简约明快的现代风格,很契合我们的口味。这一来,我们的兴趣与时间便全投入到新居的室内设计与装修上了。

我从父母家里搬走之后的一年,妹妹用我腾空的那间屋子结婚了。跟着是父亲患病,半年后离世。母亲由家慧陪伴。家中的男主人换成妹夫,几十年里形成的家庭格局根本地改变了。

我离开了自己出生、童年、少年和青年时代经历过的老街,也离开了街上昔日的邻居与熟人。其实这些年来,街上其他人家也在渐渐改换门庭。每个家庭变化的原因不一样，有的老人走了，有的人嫁出去，有的南下求财，有的换了新居搬到外边去住，那时全国城市都在大拆大建。肖莹也搬走了，她的原因是一种被迫。随着她年龄增长，又一直单身，来自继母的压力一天天加大。在她离开老街的那天，感觉自己有点像逃跑。她经济能力有限，买了河西老居民区一个二手房的独单。家慧去过她家两三趟，据说"挺惨"。幸亏肖莹是情调主义者，把一间小破屋收拾得挺有格调，还温馨。

经过那场变故，我们的关系渐渐变得疏远。可能我们都怕再碰那件事，不能谈，也无法谈。我总觉得有愧于她，如果不是我当初把晓初介绍到维也纳的老乔那里，也许就不是这样的结果。她似乎也在回避我，为什么回避就猜不透了。这种非常不舒服又无法说清的感觉成为我们之间的障碍。障碍愈被搁置就愈无法逾越。家慧劝我不要多疑，肖莹其实在回避所有人，回避所有知道她这件事的人。听说现在她还很少到团里去了。

我差不多每周一次回到老街上看望母亲。肖莹很少来我家，很难碰上。只有逢到中秋和春节两家老小相互探望时，偶尔能见到她，聊一会儿。一开始，总会话锋躲躲闪闪，好像什么地方有个伤口，害怕碰上。聊着聊着，便没什么可聊的了。

每次见面，都是她自己。她一直一个人？这两年，我在报上几乎没有看到有关她跳舞的消息。

过了许久许久的一天,忽然收到一封信,这大概是我有生以来收到她的第一封信。打开信封,是一场音乐舞蹈晚会的请柬。封皮淡蓝色,印得清新、素雅又精致。上边只印了晚会的名称:"春天来了!"还有一封超短的信,更像便条,夹在请柬里,只写了一句话:

"表哥表嫂:今晚是我的告别演出,欢迎你们光临。肖莹。"

我一怔,"告别"二字很刺眼!为什么是告别演出?她要离开舞蹈,永别舞蹈吗?这不可思议。当年她纠结在挚爱的男人与舞蹈之间时,她都没有离开舞蹈,现在为什么?是被迫还是缘自一种抉择?什么理由叫她做出这样自杀式的抉择?

这晚,她出演的节目仍是《孤独的白孔雀》。随着音乐她一跳起来,我就感觉已经不再是先前那只白孔雀了。

这只孤独的白孔雀一开始就不再痛苦地挣扎,而只是陷入一种迷茫。苦无出路的彷徨,失魂落魄的游荡,漫无目的的寻求。但如今的它,不再被孤独折磨。孤独不应该是终结。生活有无限可能。当昨天成了绑在身上沉入江底的沉重的巨石,为什么不解开绳索,卸下重负,凤凰涅槃,迎接新生?

她用舞蹈语言诉说自己不同以往的全新的思考。她自我表述的能力很强。我看明白了。

在独舞的结局中,它竟然在一片烟花般夺目又绚丽的光彩中,战胜自我,获得解脱,腾身飞旋,翩然起舞。说实话,这个结尾丝毫没有打动我。上一次看过她这个独舞,那只白孔雀在绝望的黑暗中陷入孤独、苦苦挣扎的形象曾扎进了我的心,我有去营救的感觉,但现在这只孔雀叫我感到浮浅,落入俗套,空洞无物。

我对这个舞蹈的结局更加莫名其妙——

原先,她把孤独作为人生一个哲学的命题,她把孤独的灵魂深切地演绎出来,答案交给观众去寻找。现在她自己站出来。她在用一种世俗的欢娱来破解自己吗?

我不喜欢这个舞蹈,舞蹈后边没有思想。可是我们疏离已久,有隔膜了,我已经不大了解她了。

生活本身从来是强势的。现在更是一个生活强势的时代。不服从它一定是悲剧,顺从它往往也是悲剧。

四个月后,我又接到一封信,里边还是一张请柬,仍然是肖莹寄来的。一看请柬我就傻了——是肖莹的结婚请柬!地点在五大道的玫瑰别墅,时间就在本周末的傍晚。男方的名字有点熟,马上又想不起来,叫作梁丰登。请柬里依然夹着一个纸条,依然是只写了几个字:"希望你自己来。"

什么意思?猜不出来。

周末五时,我开着车从马场道桂林路口驶入五大道地区。这个自上世纪初叶租界时代开辟的富人区,现在已过去百年,里边充满了历久年深、厚重又沧桑的历史气息。驱车穿街而行,风格不同的历经百年的花园洋房从车子两边掠过。虽然这些建筑在我上大学时做过调查,都很熟悉,但有时历史的事物反而比新事物更有"新鲜感"。时值初夏,天气和好,摇下车窗,马路两边的槐花盛开,浓郁的花香涌进车子,沁入心肺,好舒服!这时,我发现街上车子渐渐多起来,而且都是好车、名车。这些车都是来参加肖莹婚礼的吗?玫瑰别墅可是个超级的五星酒店啊,这绝不是一般规格的婚礼。这时,我忽然记起肖莹这位新郎梁丰登是一位大地产商。我脑袋有点发蒙,来不及把一时乱糟糟的思绪理清,站在街道中央几个穿黑色制服的交管已经伸手把我的车子拦住。

一个胖胖的中年交管向我要请柬,我拿给他,他看了看印在请柬左下角的编号,扭头对他身后另一个交管说:"前五十号的,放行!"

噢,前五十号,大概我是贵宾。

玫瑰别墅就在前边不远，这条街临时已被禁行，只准要客进入和停车。谁能请来交管把一条街管控起来？这足见婚礼主办者的势头之大，非同一般。

玫瑰别墅是五大道规模上数一数二的花园洋房。建筑是西班牙地中海风格，结构错落分明，铺着深红色粗大的筒式陶瓦的屋顶，淡米黄色的抹灰墙，使得中间黑色铁艺的门窗和护栏醒目、大气、优美；前院有石雕的喷水池和爬满紫花的藤萝廊架，后院是开阔的草坪与高大的郁郁葱葱的黑色杉木。谁都知道，在这里举办婚礼不是为了婚礼本身，而是为了摆一个场面给人看。据说这房子是民国时期一位大盐商的旧居，此地是闻名海内的盐都，大盐商们富可敌国，个个家中都极尽奢华。虽然经多世变，房屋易人，豪门贵胄的气息却犹然未已。这里我只来过两次，都是陪外地的访客来用餐。我喜欢一楼客厅铺地的釉面的红缸砖，城堡一样浓重的墙，石头砌的大壁炉和粗粝的铸铁饰件。再有，便是它宏大的院落，前后临着两条街，自然构成了一块鸟儿们的安栖之地。虽然这房子地处城市的腹地，却可以听到许多鸟叫。

穿过长长的用玫瑰花枝编织成的甬道，随同纷纷而至的来宾一起来到后院。天色未晚，一些聚光灯已经把草坪中央一大片照得鲜碧耀目。四外全是餐桌。五彩六色的酒食、华服盛装的宾客、生气盈盈的鲜花气球,被四边高耸的杉木衬托得鲜明又华丽。男侍者一色黑色的燕尾服,女侍者一色白色长裙。男女侍者胸前一律别着一朵此处具有标志性的红玫瑰。一支小乐队在花园一角舒缓地演奏着背景音乐。

这样的婚礼场面十分罕见,看上去很像欧洲豪门庄园在举办什么家庭盛事。

我看看现场的人基本上全不认识,看得出来大多来宾都是新郎一方请来的商场中人,全是盛装艳服、珠光宝气,叫人不好接近。我拿了一杯香槟,找到人少的地方在一张桌旁坐下。

来宾愈来愈多,渐渐开始遮挡视线。一直没有人认识我。忽然一个胖胖、秃顶的人朝我笑嘻嘻地说:

"您是不是大华的冯总?"

这胖子不等在尴尬中的我摇头否认,便说:"哈,错了错了,对不住!"扭身走了。他走路的姿势有点好笑。

这时,忽然掌声四起,坐在椅子上的人全站起来,好像要升国旗。站在后边的人踮脚引颈,向前看。

在灯光的聚焦中,今天的主角从楼里走了出来,音乐伴奏随之而起。由于很多人向前簇拥,半天才看出新郎,一个穿着深色西服、系大红领带、身材挺高的人,面孔无法看清。还有主持人,我一眼就认出来,这是一位太出名的电视主持人。他不在北京吗？高价钱请来的吗？怎么看不见肖莹呢？她被挤在人群中间了。

忽然，我这边的人群往后退，肖莹在那边现出了身影。她像在舞台上那样一露面就光彩夺目。但是她没有如想象的那样身穿雪白的婚纱，只穿一件缀满金色小花的淡紫色连衣的长裙，反而更美、更贵气，也还适合她的气质。我注意到，她今天的着装，没有刻意显露她可以为之自豪的线条优美的身材；略松的衣裙似乎想使自己年龄大一些，刻意要接近新郎梁丰登的年龄吗？

第一次见梁丰登。

这个人的形象能够清晰地传达出他的信息。他肌沉肉重的脸饱经风霜，结实的筋骨久经历练，摇摇摆摆走路的架势显现出心中的志得意满。他没有初做新郎的拘谨，他现在的神气好像在企业的年会上看望他的职工。他是二婚吧？应该是吧，他绝对有五十开外了。

没等我去想他和肖莹是怎样形成的结合，来自京华的仪表堂堂的主持人，以他出色的口才和悦耳的男中音，把所有人的注意力都吸引过去。婚礼没有惯常的俗套的证婚人讲话、开香槟酒、致敬双亲、放烟花等仪式。这恐怕是肖莹的风格。她讨厌这一套。于是，这个婚礼的全过程便依靠主持人出色的串场、即兴的发挥与优雅的玩笑在引起的阵阵欢笑中完成。

婚礼仪式的最后，主持人请新郎"梁总"出面表示答谢时，梁总一开口，便叫我一怔。他说："我梁丰登一辈子有三件福事。头一福是我娘生了我。"

这话说得简单，却有情有义。于是有人叫好，有人鼓掌。

新郎梁总接着说："我的第二福，是我拿下了金街上那块地。那块地叫我梁某人走上了金光大道。"

这话一出，没多少人呼应。发财是个人的事，跟别人也没关系。再说，这事跟你娘生你怎么比？

我是做建筑设计的，常跑工地，和不少干建筑的老板都熟。这些人都是直肠子，就这么说话，尤其他是大老板，说话更是由着性子。可是肖莹怎么会决定和这样的人一起生活？

下边他要说的第三件福事肯定就是肖莹了，只见他兴高采烈地说起来："我第三个福就在眼前。我一辈子做梦都是娶这样的老婆，前半辈子打灯都找不着；今天天上掉馅饼了，我梁某人不再做梦了。"他在大家的笑声中，说出他下边更痛快的话："我梁某人从今天起决不叫她再跳舞了，我叫她在家里享清福，给我老梁生儿子！"说完手一挥，很爽。

有人叫好，有人给他鼓掌，有人议论。我听呆了。这是肖莹要的吗？她知道他的想法吗？想到几个月前去看她"告别演出",想到她那只莫名其妙的白孔雀,今天有了答案。但是她为什么做出这样的选择?她现在应是什么心情?

乱哄哄的婚礼晚宴中,开始了草地舞会。人们的注意力都在舞会上,我想悄悄溜掉。这时忽然听梁总在前边拿起话筒说话。他可能酒喝多了,声音有酒劲,话筒离嘴太近,声音很响,说的话没头没脑。他说:"有人因为我不叫肖莹跳舞,对我有意见。今天是大喜日子,我不跟人争,而且我开禁!我叫肖莹再跳最后一次。谁想跟她跳,跟我说——"

他说得慷慨,又随便。

不等有人开口,肖莹忽然说:

"我自己挑舞伴!"

大家全怔住,静场,瞪大眼等着看谁是这个幸运者。肖莹忽然一指我这边说:"我请我表哥跟我跳。"

整个花园里的人都望着我。我奇怪,我一直躲在人群里,她怎么知道我在这边?我不知所措,只见肖莹从草坪上过来,她很美,含笑地走来,牵起我的手,我们一起走到草坪中间,乐队奏起了音乐,轻快、优美、一如流水般的《在水波上》。我们一同随同音乐起舞。我的华尔兹还可以,但许久不跳,又当着这多人,心里发忧,步子就不顺畅了。所幸肖莹浑身全是舞蹈的感觉，不知她用什么办法，很快就把我融入音乐的节拍与跳舞的韵律中，并神奇地使我渐渐产生跳舞的快感。

　　我开始定下心来，去注意她的神情了。我发现，在这世俗的场面里，她没有任何被动、反感、勉强，也没有任何隐含的不适。可是我不相信她会安于这样的现状，乐于这样的生活，选择这样的未来，这不是她！除非她已经不再是原先的肖莹。如果她真的改变了——到底是生活改变了她，还是她改变了自己，为什么？就因为江晓初的背叛，就从一个极端跳向另一个极端，不再相信自己昨天的崇尚，抛弃心中一切金银绯紫，向原本对立的东西投诚，这不是毁掉自己？我不相信！我忍不住要问她，但我对她的问号太多，从哪里问起？怎么开口？这时，我发现，她似乎不想与我做任何交流。她约我来参加这个婚礼，就是想叫我看到她选择的生活。她把她的明天也告诉我了。我还发现，她眼睛的深处原先那个不停跳跃着的、亮闪闪的、充满魔力的精灵——舞者的精灵，现在没有了，空了。

　　在音乐旋律的起伏中，我望着这个与我相拥起舞的女人，她的气质还是那样优雅脱俗；脸儿略施粉黛，依旧娴静姣好；只是少了一点东西，一种孤芳自赏的孤高的东西？属于她灵魂的东西？灵魂这个东西看不见抓不住，原来说没就没，你甚至不知它何时、因为什么没有的。

一旦没有了，一种曾经无限美好的东西像一片灿烂的光和影倏然远去。

六

有时，生活的真相不如不知。

我用手机上的电筒挨门挨户地寻找门牌号。

维也纳城中这些老街是一种真正的活着的历史。参差错落的老房子们全都斑驳如画；弯曲蜿蜒的街面不是铺着石板，就是凿满小而方又坚硬的石钉，这些石板和石钉历久磨光，古老苍劲，好像条条街道通往哈斯堡王朝。街面下陷的地方，雨后积水，在路灯幽黯的照射中，反着光亮。

我终于在手机射出的光束里，找到了47号。一个蓝底白字的搪瓷的门牌钉在暗红色的老门板上。一株很粗壮的大叶梧桐高出院墙，并把它凋落的黄黄的叶子，随意地撒落在院墙内外和墙头上。树后边是一幢两层小楼。灯火依稀，树影模糊。这显然就是老乔在异国的老巢了。

我第一次到维也纳，我最关心的自然是奥式的建筑，他们

43

的古典和现代的建筑,还有这次在维也纳举办的国际研讨会的主题"城市个性与建筑师的个性",对我有分外的吸引力。我平日在这方面思考得很多,我为这次会议准备的论文得到各国同行的好评。

这是我来维也纳的公务。我还有一个藏在心里的"私务"——就是寻找昨天留下的那桩不幸事情的真相。尽管此事早已时过境迁,一切全都木已成舟,而且人家肖莹自婚礼那天的舞会之后,即与舞蹈绝缘,销声匿迹,早已是一位标准的富家女子,而且生下一儿一女,锦衣玉食,活得滋润快活。这世上,偶尔为她遗憾和发出叹息的只有我和家慧了。我为什么还要来老乔这里探寻究竟,还想追回昨天吗?

在老乔堆满书籍、报纸和资料的客厅里,我望着这位十多年未见的老友。不用回忆,昔日的交情又来到身上。在不大明亮的光线里,他的脸色昏黯,皱纹显得很深。我们都说自己老了,其实他真的更"老"一些。在世界任何地方,普通人都不会养尊处优,很难白白胖胖,更何况在异国他乡。文化的磨砺看不见,却会更深刻。我们相互关切地询问了对方的家庭、工作,也谈了谈自己。我初识知春,这个奥地利女人给我的印象分外好,她显然是个善解人意的女人。她给我们烧好茶,桌上放些零食水果之后，便说要去帮老乔看稿子上楼了。她知道我们有话要说，把空间留给我们会更方便。

进入一个不知深浅的话题总有些费劲。何况这个话题里遗留了过去一些磕碰与别扭，当然更多的还是谜。还好，老乔比我强，他天性爽直、性急，在我支支吾吾不知怎么开始说的时候，他忽然说："不管在这中间有多少误解、避讳、无法说、不能说，都是过去的事了。原本怎么回事一揭开就全明白了。"老乔接着说："我托人打听了，知道你表妹现在都当两个孩子的妈妈了，过得挺好。你我还有什么不好说的，而且我应该叫你知道全部真相了——"

"就在我们高高兴兴，准备晓初从巴黎一回来，就迎接肖莹来维也纳时。维也纳的新年非常具有古典气息，我们为肖莹准备好一系列别具风情的节目。晓初连金色大厅新年音乐会和音乐厅的新年舞会的票都拿到手了。就在这关口上，晓初出事了！是的，出事了！而且出了大事，几乎要了命！你别急，事情过去快十年了。这都是过去的事。你听我说——

"我一直后悔，如果当时不叫晓初去巴黎，一切事过了年再说，就什么事也没有了。但我们报纸在法国的合作方一定要晓初去一趟，研究第二年董事的名单。这里边的关键是，明年报社准备新增加两位董事,都是晓初个人在巴黎联系的企业老板,也是我们报纸最有实力的广告客户。可是,法国合作方认为这两位董事人在法国,应该归他们管,我们认为业务是我们联系的,不能给他们,这里边当然有利益问题。如果董事名单定不下来,明年第一期报纸就不能出报。只好派晓初去协商。晓初到了巴黎,怎么也谈不拢,双方争执不下,晓初有点年轻气盛,吵了起来,事情僵住了。据说当时吵得很僵。我电话叫他先回来,过年再说,因为肖莹马上就来了。谁料当晚晓初在他住的巴黎十三区那边吃点东西,回旅馆的路上,忽然几个人把晓初围起来打了。这几个下手很狠。当时街上黑,什么人根本看不清。这几个只打人,不说话,也不知是哪国人。等警察来了,打人的人全跑了——

"打得太厉害了,一个人用的是铁棍,晓初右边脸血肉模糊,耳朵打烂了,肾打坏了,膝盖也断了——

"不,不是打劫。打劫的人不伤人。我们又不是当地人,没仇人。我们想到可能是谁干的,但没有证据,无法告,告错了更麻烦。当时,晓初已经人事不省,警察从他身上的名片看到报社的电话,打过来,我连夜赶过去,急救三天,保住了性命,然后租一辆医用车把他弄回维也纳。你是没看见晓初那个样子,真是太可怕、太惨了。家智,当时我就在那样情况下,在巴黎、在车上、在医院，与你通的那些电话。你想，当时我能把真实情况告诉你吗？在晓初醒过来时，对我说的第一句话就是千万千万别告诉肖莹，别告诉你——

"最初那些日子，我也无法向你解释这是怎样一件事。等到晓初的伤基本稳定，他那张脸无法看！那些可怕的伤口，缺一个耳朵，左肾割去，腿也瘸了。他像一个压烂了的破纸盒子。我看着他，心里明白，此生此世，他与肖莹的缘分算完了。我想，不管你怎么想，怎么责怪我，也绝不能告诉你。叫肖莹知道真相就如同杀了她。晓初是孤儿，回去找谁去，还不是叫肖莹伺候他终生？我下决心，这事我担着了。他去巴黎是给报社出差，报社应该担着。但晓初和肖莹他俩的事怎么了结，我没办法。那天，肖莹的电话撞上了我们报社的女秘书聂宛如，产生了误会和冲突。我想，这也许是个歪打正着，就这么歪打正着吧！正好把他和肖莹的关系断了——

"这十年来，晓初一直在我这里。干报纸的事，报纸养着他。他不能再跑外勤，腿瘸了，脸上那样，怎么跑？他只做内勤，从编稿、排版到校对全是他干。聂宛如是个太好太好的女孩子，香港人，我的一个朋友——香港一位摄影家介绍来奥地利学音乐的。在我这儿打打零工。这女孩温顺善良，她同情晓初，常因他偷偷抹泪。这些年一直给他做饭，帮他生活，给他鼓励。

他俩都住在报社。她从未想过离开他。她音乐也不学了。我也不知道这样下去怎么办。我想，她对他再好，也不会跟晓初结婚。晓初已经没法结婚了，结不结婚有意义吗？对他二人谁也没意义。可是，这么下去到哪一天？怎么终结？想也不敢想。如果有一天她真要远走高飞，晓初会不知道怎么活，为什么活——

"哎，我陪你去见一见晓初好吗？他已经知道你来了，你也给他一点力量吧——"

我没想好，怎么给他力量。这个突如其来的故事已经把我击昏。十年前天降的横祸，现在才真正落在我的头上；今天听起来，好像眼前刚刚发生的一般剧烈与刺激。我有一种扛不住的感觉，身体晃晃悠悠，脑袋里一片混乱，跟着老乔，从他那个小小的充溢着浓郁的木头气息的老楼里走出来，穿过透明的夜色，走到另一座同样古老的小楼前。老乔按响门铃，听到有人从楼里走出来。老乔忽对我加紧叮嘱一句：

"千万别提你表妹！"

这像一句警告。

没等我弄明白这句话，门儿开开，一个中等个子、微胖、身穿浅色长衣的女子站在门前，请我进去。她就是聂宛如，简单一两句见面话，从她的声音和语气中就知道是一位性情柔和的人了。

推门进去就是报社的办公室。房子又大又高，和老乔的客厅差不多，但这里有些阴冷。是由于这座楼朝北，还是没亮顶灯，光线昏暗？屋里到处堆满报纸、材料和文件，中间几张办公桌，黑影重重中只一台电脑亮着，有点冷寂和怪异的感觉。没看见晓初，他在另一间屋里吗？忽然听到前面一个声音："您请坐吧。"

声音是从靠里边的一张桌前发出的。我的目光从一摞摞码得很高的报纸上边越过去，看到一个人坐在那边上半身的身影，他侧对着我，他肯定就是江晓初。但我从他的声音已经听不出是晓初。我记得当年他的声音兴冲冲，但现在的声音低沉而疏远。

他显然早已坐在那里了。他是不是坐在一张轮椅上？我看不清。他侧对着我，显然为了避开他右边受伤而难看的脸。他的头发很长，像个披头士。右边的灯光映照着他，他似乎很瘦，腮部塌陷，眼窝是一块黑影，只有从他高高的额头顺着鼻梁直到微翘的下巴这条清晰而优美的曲线，能够认出那个曾经清俊、轩昂、带着高贵感的年轻人。

但现在他显然在用身体的全部力量，支撑着自己的坐姿。他一动不动，也不看我，低垂的目光隐蔽在眼窝的阴影里。

老乔说："家智来看看你，他后天就回去了。"

他不吭声。

我说:"你的事我都知道了。老乔和知春称赞你的顽强、你的精神。他们还夸赞你办报的能力,如今你们的报在欧洲华人中非常受欢迎。"

我记着老乔叫我给他一点力量,我努力说出一些鼓劲和带劲儿的话,由于一切来得突兀,又对他的生活现状与心理一无所知,说完之后感觉自己的话空洞、乏味,甚至有些虚假。对于失去了前程和所有的生命乐趣、形同废人的人,谁还要赞美诗?只用一些绚丽的语言就可以把这个枯索的生命重新点燃?我还能给他什么呢?当我看到,聂宛如从里屋拿来一条毯子给他蒙在腿上,我想,他需要而且不可缺少的也就是这些——实实在在的一点点生命的支持了。

下边该说什么,我完全不知道了。他显然也不知道该对我说什么。我们见面只为了见一面吗?而这见面有什么意义呢?

老乔似乎也无话可说。

其实,最应该说的是肖莹!没有肖莹,我与他、与老乔相互又有什么关系?但是,当事情的真相摆在我面前,这里边曾经的误会、错怪、恩恩怨怨还需要再解释吗?解释明白又于事何补?想到老乔刚刚那句"警告",我提醒自己绝不能提到肖莹!千万别惹出事端!只有匆匆告别,走出尴尬。

临出门时，我瞥他一眼。他依旧侧身坐着，动也未动，一声未吭，有如一尊黑色的冷冰冰的雕像。如果我是雕塑家，我一定要把他塑造出来。我想告诉人们，真正的痛苦是无可救助和无法言说的。

从报社出来，老乔想开车送我回旅店，我坚持独自散步去到大教堂那边逛逛。我说，听说教堂周围的广场上有个夜市不错，逛完教堂搭地铁可直回旅店。老乔心里明白我想一个人走走，消化一下刚刚堆满心中的疙里疙瘩。他便说：

"我和一位司机——他叫小彭——说好，明天上午九时去接你。他和我报社有长期合同，只要我这边有客人，他就出车，随叫随到。明天一天这车你随便用。小彭是旅行社的老地接，开车技术好，甭说维也纳，整个奥地利的地图都在他肚子里。我明天有事不陪你了，后天我送你登机。"

我俩相互拥抱一下分手，拥抱时彼此拍了拍后背。我感觉啪、啪拍打对方后背的时候，都有许多难言的话，都各自有一种很深的歉意。我感觉，老乔认为一切祸事都源于当年他派晓初去巴黎那个决定；而我觉得，这天大的麻烦还是我给老乔招致的。

大教堂高耸峻拔的尖顶与上半部分华美的装饰都消失在银蓝色的夜色里，下半部分建筑的光彩则被广场上临时举办的夜市夺去了。一大片灯光把相互错落的布棚映照得白晃晃，耀眼夺目。每逢周六，大教堂周围的广场都归夜市使用。夜市的卖家是城郊的农家与山民。他们拿来新酿的葡萄酒、新烤好的面包、蜂蜜、果酱、奶酪、坚果、香料、调味汁等等乡间土产以及各式各样民间的手工物品与艺术品。这些带着阿尔卑斯山气质与多瑙河风情的本土特产极其诱人。如果外来游客在维也纳赶上周末，一准要来夜市里串来串去游一遭。

然而，今天在这夜市里，眼前的任何新奇东西都没有魅力。我如游魂一般，抓不住自己的注意力与兴趣，脑袋被今天的所见所闻完全打乱。当十年前经过的一切掉头回来，今天的真相颠覆了昨天的判定，到底谁是谁的因，谁致谁的果？那场突如其来的灾难之后，到底怎样一步步发展到悲剧的今天？在网络时代还会有如此的信息艰难，是信息艰难还是人心相通的艰难？是由于爱而相瞒导致的误判，还是因为意气用事而各走极端？命运是一种暗中注定和不可抗拒的吗？当我想到了"命运"二字，并实实在在触摸它时，它竟如此坚硬如此阴冷如此不公。命运的本质是不公的。

那么，遭遇到命运不公的人，其中有没有自己选择上的失误？

一度我完全陷入思考，忘掉了自己。浑然不知自己从一个小摊上，拿起一束缠绕着彩带的美丽的松果，走到另一个卖蜂蜜的小摊前放在那里。弄得那里的人莫名其妙。

我回到旅店，洗过澡躺在床上，脑袋里还是静不下来。一个想法叫我联想下去愈来愈激烈：如果当年肖莹知道了真相，她会怎样？她会不会立即乘飞机来到维也纳，一直陪伴他到今天？如果今天肖莹知道了这个迟到的真相，她还会立即飞到维也纳来吗？

跟着，我又暗暗笑话自己，这只是个浪漫的想法。浪漫是一种一厢情愿的想象。想象最终全要安于现实；或者说，现实会从我们身上摘下浪漫的翅膀。

这样，我便呼吸着维也纳秋天清凉又柔和的空气安然入睡。

七

凌晨五时我就离开维也纳，前往多瑙河峡谷。

昨天夜里小彭来电话，问我是不是初来维也纳，想看哪里，去没去过戒指路、皇宫、美泉宫、施特劳斯公园以及美术史博物馆等等。我说这几天会议闲暇时，抓紧时间，把这些地方都跑过来了。我叫他推荐一个地方，保证我看了之后永远难忘。说实话，我也是想去一个特别吸引人的地方，好散一散心。他说那就去瓦豪河谷吧。那里是多瑙河流经奥地利一段"天堂般"的地方，是世界遗产。只是这地方离着维也纳三百多里，去玩一趟，来回需要一整天的时间。我说我就拿出这次赴奥行程的最后一天吧，只是傍晚前要赶回来，我看好皇宫后的一家古董店里的一个石雕的小天使，雕工十分精美，早期巴洛克风格，局部有贴金，难得的古代宗教建筑的装饰构件，我想把它买回去，放在我书桌对面的条案上。我对东西方的建筑雕塑都很痴迷。

小彭说："那咱尽量早一点出发，我带上牛奶面包，早餐在车上吃。"

这主意好。

清晨五点我钻进汽车时，车子在外边搁了一夜，车厢里还挺凉呢。可是这并不能叫我清醒起来，昨天一夜我时睡时醒，现在精神和身子都很乏，眼皮打架，待吃了东西，加上车子摇摇晃晃便很快睡着了。

我从来没有在汽车里睡这么长一觉。我在小彭的呼叫声中醒来。只听他叫着:"您要再睡可就回维也纳了!"

我睁开眼睛,外边的世界在左右两边的车窗上。啊,我在天国里?

高山、丛林、深谷、烟岚、白云、花原、葡萄园、山村、古堡,然后是翠绿、幽蓝、雪白、银灰、墨黑、赤黄、红棕以及花的夺目的五彩,这些风景这些色彩在车窗上相互交换然后五彩缤纷地掠过。不断地有一个不可思议的神奇的景象出现,随即又被另一个无限美妙的风景代替;左边车窗上的美景还没看清,右边车窗上的奇景已经飞驰而过。这些只在儿时的童话书里见过的图画,现在变成了真实的情景,而我竟然身在其中了。

当我们的车子行驶在谷底,我发现多瑙河的河水竟如此丰沛、明亮、急速、幽蓝;河中溢满河水,河面与河岸同在一个水平线上,我从未见过哪条江河这样与人亲近——它就像在我的车窗上流淌。

小彭几次想问我的感受,见我目瞪口呆,不停地发出感叹,他得意地笑了。

能从客人的惊喜中感到自豪的,一定是主人。小彭已经完全融入了奥地利。他不避讳自己已加入了奥籍。这个机灵、干练、黄头发、小个子的司机兼地接是湖南湘中人,早在九十年代初就来到这个国家,他和那个时代许多年轻人一样,没有专业向往，只想出国闯荡，浑身有发烫的一股劲儿。到奥地利的最初几年，他在中国餐馆里天天一连六七个小时洗盘子，在商店瞪大眼睛售货，开车长途跋涉去运输，干的全是卖力气赚钱糊口的苦差事。自从九十年代末中国人有了多余的钱，出国游玩的人愈来愈多。旅游业成了热门生意。中国人在外边语言不行，旅游要靠中国导游；而对于跑到海外谋生的人，干旅游和干中餐馆这两样是最容易的，而且可以马上拿到现钱。小彭说，干中餐馆需要店面，还要买菜做饭、照应客人，很琐碎。干旅游只一辆车就够了，而且天天内容不一样，还能借机玩遍四方。他天性喜欢玩，干这种事玩玩乐乐，见多识广，还赚钱，最多付出一点奔波之苦，他年轻不在乎。现在他不单成了跑遍奥地利的"第一游客"，而且跑出来房子、老婆和家，天天都有收入，口袋里总有不少的钱。

我说："现在旅游市场这么好，你称得上得风得水。但只有一样你要注意，必须保住身体，关键是开车要小心。"

没料到他回答说："您这话千真万确。前些年乔先生报社有位能人，非常能干，大家都看好他。正干得风风火火，可是出了一件事，身体完了，结果全完了。"他停了一下，问我："您昨天在乔先生家见到这个人了吗？"

我不想和他谈晓初，打岔说："什么人？"

小彭说:"这人叫江晓初。他不会与生人见面的。他叫人打断了腿,还打坏了半张脸。据说他平时都是侧身坐着,用半边好脸对着人。听说他那边连耳朵都没有了。有人看过他那半张脸,吓死人!"

"怎么会打成这样?"

"在巴黎出差时叫人打的。听说是一帮人喝醉闹事,叫他赶上了。"小彭说。

看来他对晓初的事也不深知,我便说:"你常年给报社开车,应该和他很熟。"

小彭笑道:"维也纳的华人圈子很小,互相全认识。中国人在国内认为外国人彼此谁也不管谁,关系简单,容易相处。可是到了国外才发现,外国人根本不管你的事,有事还得回到中国人堆儿里来。"他告诉我:"江晓初刚到维也纳时我见过他,自打出了那事后,不再露面,不见外人,憋在屋里干活。外边的事全叫一个女秘书聂小姐包了。你昨天见到她了吧?"

"打个照面,没说几句话,觉得人挺温和,挺不错。"我说。

"何止不错,那个人没处找去。我们都说乔老总运气好。当年的江晓初,又聪明又能干,人也好,这个人百里挑一。后来江晓初出了事,又顶上来一位聂小姐,勤快肯干,性情好,不单报社里里外外的事全揽过去,连照顾江晓初也包了下来。这种人哪儿去找,都说是老天派下来的。"小彭说。

我说:"听老乔说,她是来维也纳学音乐的。"

"她哪还上学!早不上了,今年四十过了。不单报社离不开她,江晓初更离不开她。报社离开她就垮了,江晓初离开她一天都活不下去。"

"她总得有自己的生活。"我说。这是我担心的。

"最担心她离开的恐怕是乔总。"小彭说,"前几天乔总叫我想办法给聂小姐找一架钢琴。这事不难办,维也纳人唯一不缺的就是钢琴。我心里明白,乔总怕聂小姐在报社待不长,想拿钢琴留住她。"

我没说话,我想老乔还是没明白聂小姐这个人,能不能留住聂小姐的绝不靠一架钢琴。究竟靠什么,是极致的善良,是大义,还是爱?我不了解她,我想不出来。反正她靠自己一种纯精神的东西。是这种东西把她留下来。反正一般人没有这种东西。

我又想,不幸的晓初又是幸运的,这世界有这么好的两个女人至真至诚于他。一个是现在的聂宛如,一个是曾经的肖莹。现在肖莹对世俗享乐的偏激的选择,也是由于对他的误解而导致的吧!

如果当初肖莹知道这件事情的真情,现在背负这个终生苦难的女主角就一定换作肖莹了。

这样一来,我的多瑙河峡谷的游赏就不再纯粹了。我的眼前不断涌现出人间破碎的景象,我的心弥漫着人生中的浑浑噩噩。我的心仿佛听见这些悲剧主人公们的嘶叫。十年来,在这件事上,我好像一直被裹挟在各种谜团中间找不到出口,总憋在一条令人窒息的死胡同里。今天,真相更叫我绝望!于是,眼前充满大自然性灵的山光水色对于我而言已然没有多少感觉了,任何美丽的事物都与我无关。

小彭说:"我们聊得太多了,好几个特别好看的地方都错过去了。您右边,河对岸那一片红色建筑是梅尔克修道院,是世界文化遗产,世界上最著名的巴洛克风格的教堂。您不想过去看看吗?来回要两个小时。但非常值得一看。"

此刻我们在这边一座山上,透过车窗俯瞰下去,梅尔克半隐在一片层层丛林簇拥的郁郁葱葱的山峦之间,整座修道院太壮观了。宏大、华美又繁复。当我们的车子随着山路而下驶入深谷时,它渐渐转向群山的那一边,然后远远地,像停在多瑙河那一边一艘暗红色豪华的巨轮。然而,不知为什么,我此时竟然失去过去看一看这座经典的巴洛克建筑的兴致。我说:"我还要在傍晚前赶回维也纳呢,下次吧,留点遗憾会更叫我想着再来。"

"那我带你去近处另一地方。今天的旅行总得在一高潮中结束，就像交响乐。"小彭说。

在维也纳待长了的人都懂得音乐了。

车子在一个高高的山坡前停下。我们下车顺着一道台阶往上爬。这里的一部分台阶是从岩石上凿出来的，高矮不一，登起来挺吃力。用了不少时间，我们站在一堵石墙前，中间一个门洞，没有门。右上边是一座巍峨的灰色的古堡，它一定历时久远，经历过无数次金戈铁马和烈火烽烟，早已荒废成废墟；一片散落的断壁残垣，与荒木野林混杂一起，无声地散发着一种历史沉寂之后的荒凉感。待穿过门洞，竟别有洞天。一瞬间，我有一种穿越时光隧道般的惊奇，眼睛和心头同时一亮——我看到了一个超小的山城。它令我更惊奇的是，古老，古老，古老，却又充满着生活的光鲜！

一条碎石板拼成的小路，从我脚下蜿蜒向前，伸向一片简朴的老房子的深处；与这些歪歪扭扭、模样笨拙、式样各异的村舍混在一起的，是繁盛的林木与艳丽的花丛。有的花爬满门洞的四周，几乎要将这门洞吞没；有的花从院内喷涌上来，翻越过墙，如同彩色的瀑布。我欣赏沿街石墙上隔不远就有一个一米大小的洞穴。小彭告诉我,这是古代放油灯的地方,如同现在的路灯;如今有路灯了,人们就在这里放上一盆花。从这些花盆的造型和所选鲜花的品种看,我十分欣赏这里山民审美的眼光。

过去我对欧洲建筑的关注,多是历史建筑、宗教建筑和城市建筑,多是学院派的角度,很少去倾注这些村落民居,但在这里,我感到我的知识用不上,还感到历史和文明都在嘲笑我的无知。现在剩给我的,只有痴迷和神往了。叫我奇怪的是,这里的山民是怎么能叫历史活着的?是人为刻意的?是自然而然的?还是一种传统的精神或精神的传统?

我发现街上没有电线。

我还发现大门上没有锁。

我看到一个俊俏的女子远远走来。她金色的头发梳在头顶上,随便一绾;雪白的衣衫外边套着一条宽松的棕色的连衣裙,手里拿一个很大的铁环,环上一串老式的大钥匙,走路时一颠,手里的钥匙串便哗地一响。她耳朵戴着白色的灵巧的小耳机,还挺时髦呢。但一看就知道不是旅客,而是原住民。她走到街角,扭身走到一个拱形的大木门前站住,从手里的铁环中找到一把长柄的大号的钥匙插入锁孔中,嘎嘎一拧,把门打开。这当儿我们正好从这门前走过,扭脸一看,室内好似放满古董,古朴又厚重,这是对游客开放的,还是他们自己生活的居所?

小彭笑着说，这里家家户户都是这样。

一只白鹳站在屋顶的烟囱上向远处张望；

二楼上一个剧院包厢似的阳台，一个老妇人用藤条拍打着晾晒的棉被；

街边石台阶上，半瓶葡萄酒扔在那里。

这时，从前边忽然飞来一只红肚皮的小鸟儿，它居然一下站在我的肩头上；我的吃惊吓了它一跳，它一扬翅膀飘然而去。

这时，此地的一种东西，一种活生生的精灵吧，自然而然地把我感动了。我在其他地方，还有过同样的感受吗？

于是，刚刚一直缠绕在我脑袋里那些悲凉、那些无解的烦恼，不知不觉不见了。神奇的瓦豪河谷把我拥抱起来。

我跟随小彭走进一座山村的小教堂。

教堂是西方古代村落的中心，就像中国村落的中心是庙宇。我喜欢这座教堂以天蓝色和白色为外墙的颜色。它在绿幽幽的河谷里分外明亮分外纯洁；当多瑙河缓缓流动时，它的倒影像一块也在缓缓流动却不会流走的白云。我还喜欢这种乡村小教堂特有的一种单纯而虔敬的气质。它没有那些身负盛名的大教堂的豪贵与威严，只有小百姓们的至诚至信与一往情深。教堂里有一幅十九世纪描绘天主的降生的油画《基督诞生》，这个原本庄严而神圣的题材被当时红极一时的彼德迈耶的画家们描绘得像一幅世俗生活的温馨写照。它给小教堂平添了一种亲和又温暖的气息。我想在这教堂长长的木凳上坐一坐,小彭把我拉起来,好像下边还有什么更好的事情等着我。果然,在教堂后边下临河谷的一块高地上,我体验到了一种绝美的震撼——

多瑙河从远处山影重重的蔚蓝色的深谷里无声地流淌而来,它在河谷口转折处扭转过身,静静的河水陡然变得激流汹涌,从我们的脚下流过,然后奔泻而去,消失在身后峡谷深浓的绿色里。就在它转折处,刚好日光下彻,波峰的反光强烈刺眼,波谷的阴影漆黑如墨。两岸的风物仿佛被这条大河的激情感染,一拥而来,参与了这天地间美的创造。于是,重重叠叠的森林腾起形态万千的云烟,五彩缤纷的山花野卉肆意地散放着芬芳。大自然也懂得像艺术家那样用美去征服世界、征服人心吗?

我相信世界上如此至美的风景是绝无仅有了,若要再见,只有再来。

我频频拍照给它留影,并叫小彭帮我拍照留念。

我叫小彭把我身后远处斑斓的花影一起摄入镜头。小彭说,那是墓地。西方人喜欢把过世的人安葬在教堂后边的墓地里,据说那里是距离上帝最近的地方。

我说:"还用到天上去寻找?这里的大自然就是人间的天堂了。"

小彭忽说:"我想起来,您说这话,江晓初也说过。他刚来奥地利时,我陪乔总和他到这里玩,他傻了。他还说他将来死了,就埋在这里。"

我听了,半天说不出话来,而且再没了游兴,也没了感觉,或者说感觉变得异样。晓初那个侧身坐着的黑黑的雕塑般的形象又出现在我眼前。我说我想赶紧离开这里回维也纳,小彭不知道我的心理,于是我们回到村口,上了车。

八

我出访归来,见人便谈维也纳,但没与任何人说过江晓初。尤其对家慧,还有我妻子。我要把往日的秘密永远封锁在自己的心里,让生活永远延续着昨日的误解与误判,把昨天的句号变为永久的句号。我知道只要从我嘴里走露出一点昨日的真相与今日的真情,都会把已经过去的悲剧拉回来重演一次,结果还会更糟。

肖莹似乎更需要与过去彻底切割,她从家慧那里知道我访奥,但过年来我家拜年时却只字不提。我桌上明明放着在维也纳的照片，她见如没见，绝口不问，她最有兴趣的话题是儿子的聪明，兴致勃勃地为聪明的儿子高唱赞歌，甚至连"舞蹈"二字也不去碰了。她明显要与昨天一刀两断，绝不会再碰昨天的痛处而对昨天漠然。

昨天的事与昨天的人，总会被生活一页页掀过去。

特别是老乔，渐渐与我联系寥寥，快要淡出了。严冬的一天忽然接到他从维也纳寄来的一封信。这几年，万能的手机取代了生活的一切，绝少收到私人信件了。什么特别重要的事需要写一封信？打开一看，是一封短信，只写了几句话：

"家智：你好。晓初今年秋天急症去世了，这个可怜的人，他解脱了！遵他生前所愿，将他安葬在多瑙河峡谷。这是我最近去到那里看他时拍的一张照片。留个纪念吧。这世上没几个人记得他了。知春问候你和夫人。老乔。"

原来信封里还有照片，我忙掏出来看。

照片的风景是瓦豪河谷，墓地在山坡上，守着河谷。晓初的坟墓在一角，正好俯瞰多瑙河上最最绮丽的风光。墓地很简朴，只有一块方形的黑色碑石，上边有晓初的名字和生卒年月，无任何装饰。这里原本是碧山蓝水、鲜花白云，胜似画图。大概老乔去墓地这天是在一场大雪之后，风景骤变苍劲，整个墓地一片白皑皑，只有这位东方陌生的逝者沉默的碑石，穿过厚厚的雪被，孤零零裸露在峡谷寒冷的空气里。

  在晓初墓碑前的白雪上，斜放着一束夹杂着几朵黄菊的淡紫色的勿忘我，很惹眼，也很凄凉。这是老乔放在这里的。老乔是如今唯一还去看望他的人吧。那么聂宛如呢，另奔前程而去了？她先离他而去，还是他离她而去的？

  为什么还去追问生活？什么样的生活才经得起追问？

二〇二一年九月二十五日初稿
二〇二一年十月十一日定稿

枯井

枯 井

人有各种死法。他是怎么死的？得病死的，老死的，意外事故死的，叫人弄死的，犯重罪处死的，中毒死的，气死的，还是自我了结死的，等等等等，这些种死别人都能知道。可是我二表哥是哪一种死，为什么死，死在哪儿，没一个人知道，只有我知道。只我一人知道。

一

今天我兴致勃勃起个早，连吃早点都怕耽误时候，只把两个杂和面的菜饽饽用手帕一包，掖在一个硬邦邦的帆布兜子里。兜里边还放一大瓶白开水，两块破毛巾，一盒红星牌的铅弹。布兜挂在自行车的车把上，气枪绑在横梁上，一双长筒的黑胶靴用布条结结实实捆在后衣架上。胶靴滑，用圆骨碌的绳子捆不牢，就得使布条捆。行装备齐了，双手推着车把兴冲冲地出了家门。出了门一拐，进了旁边一条胡同。这条老胡同太烂，地砖东倒西歪，不好走车，便把车子往墙边一靠，跑进去，站在一座两层的小楼前面仰着脖子喊：

"二表哥，该走了！"

二楼上一扇窗子啪地打开，露出一个圆乎乎的脑袋，红红的软脸，像个西红柿。他瞪着一双小眼儿，压着嗓门儿说："别喊，人家都还睡着。"又说："等会儿，我还没吃完呢。"

二表哥是我姑家的。自来我们两家就挨着住。我家守着胡同口，他家在胡同里边。后来我们两家的老人都走了。我们下一代依旧还住在这儿。八十年代前，人们是很少搬家的。

我等了好长时候，二表哥才推车出来。据说他这种不紧不慢的性子，是叫他干了半辈子的装配手表的活磨出来的。可是也别嫌怪他肉脾气，他打鸟的本事叫我着实佩服。我每次去打鸟都要带一盒铅弹，这一盒一百粒，最多打七只鸟；他每次只带三十粒，至少打二十只。他是老猎手，枪法神准，百步穿杨，这自不必说。更关键是他的经验厉害，会选地方。就像老钓手，知道水下边哪儿是鱼窝，钩儿下去，漂儿立马就动。他凭空看得出哪儿是鸟道，鸟儿们好在哪个地方停留。每次和他出去打鸟，他决不叫我跟在他身旁。他独自一人，穿林绕树走得不见身影，再露面时腰上一准挂着一串毛茸茸、血迹斑斑的鸟儿，有的不动，有的还动。

我对他说："我还一只没打到呢。"

他又圆又软又平庸的脸露出微微一笑。此时这笑，似乎带着一点成就感。

我承认我不行。我打鸟是跟他学的。三年前我连气枪都没摸过。我好和他一起喝酒，尤其好到他家喝酒，为的是吃他家的炸铁雀。这不单因为二表嫂炸鸟的手法好，炸得金煌煌颜色漂亮，外焦里嫩，有嚼头，而且愈嚼愈香。一比，后街那家小酒店卖的那炸铁雀还能吃？纯粹就是一只只死家雀。他家的炸铁雀还肥，肉多，这因为鸟是他自己打的。他说："我打鸟挑着打，我从不打幼雀，哪只肥打哪个。"

这也是他为什么专要到南郊打鸟的缘故。这里是远近出名的鱼米之乡——米好鸟肥。

我暗暗发誓将来打鸟的本事要和他一样。可是我性急，找不到鸟就乱跑，可能就因为我提着枪跑来跑去，把鸟儿们全吓得躲避起来。有一次，我绕到一片屋后，忽见前边一丛密密实实的灌木边上有个黑影，像一人来高的树桩，上边斜着一根树杈。定睛一瞧，这树桩原来是二表哥，树杈是他举着的枪。他竟然一动不动站在那里。顺着他枪筒举眼再瞧，左上边树顶的

干枝上有两只鸟,远看像两个墨点。我禁不住叫道:

"快开枪呀,等什么呢。"

我这一叫,两只鸟受了惊,扑棱一下飞跑。二表哥提着枪走过来,有点气愤地说:

"那是两个小的,它们招呼大鸟呢。你打你的,我打我的,我不是叫你别跟着我吗?"

这一来,我对自己更没信心。

他的慢性子其实正是他沉得住性子。我性子急,性子是没法改的,看来我这辈子至多是二三流的枪手。可是我打鸟才刚上瘾呢。

我痴迷于铅弹打进鸟儿身体里那种噗的声音,兴奋于被击中的鸟儿就像倒栽葱一样栽落下来。每到星期四,我就兴冲冲去约二表哥了。二表哥一约就应,其实他比我瘾还大,只是天性的不动声色。当然我们一起去打鸟,更为了当晚一顿好酒菜。

为了每次打鸟要用一纸盒铅弹,我降了烟卷的牌子,把二角二分的"永红"换成一角九分的"战斗"。那时,私人允许持有气枪,为了买这支气枪,东瞒西骗,最后还是被老婆查获了我有一笔秘密的私房钱。

不管这些了,也不管我的枪法高低,有了一杆枪,我就是一个正规的猎手了。

枯 井

二

　　二表哥最喜欢两个季节到南边来打鸟，一是收割稻子、打谷脱粒的季节，那也是鸟儿们的天堂时候，鸟儿只顾吃，忽略了警惕，常常成为猎手们的累累战果；再一个是冬季，树叶落光了，远远就能看得清鸟儿们飞来飞去，落在哪里。现在是秋天，树叶茂盛浓密，遮挡住它们的身影，打起来很费劲。二表哥说，往前边二十里潮白河西边，过去有几个村子，一闹水就淹。自打上游修了水库，不闹水了，但河里也没水了，村民都搬走了，早成了荒村。那边的死树多，打鸟会容易些。于是，我们骑上车去了。这边几乎没有路，只能是平的地方骑车，坑坑洼洼的地方推车。可是跑到外边这种野玩，向来是不在乎辛苦的。

　　远远一看这荒村就叫人兴奋起来。一大片乱糟糟的老树和死树，混杂着一些早已坍塌了的残垣断壁，没有一处成形的房子，全然一片绝无人迹的废墟。但只是这种地方才会野鸟成群。我们先是听到非常热闹的唧唧喳喳的乱叫，跟着看到一群群鸟影忽起忽落，这么多鸟！好像举起枪就能打中一只。忽然，在一片又高又密、黑压压的野草丛后边，飞出两只很大的鸟，硕大的身躯，长长的颈，啪啪扇动长长的翅膀。二表哥两只小眼儿居然像手电筒的小灯泡那样亮了起来，他招呼我把自行车悄悄靠在一棵杨树上。这棵杨树在这一片地界最高。他说把车放在这里，为了一会儿打鸟回来，易于找到车子。二表哥高人一等的心计总是在这种时候显露出来。虽然他是一个装配工人，我是一名中学语文教师，但他的生活智慧总是胜我一筹。他叫我轻装上阵，水喝足了，多带些铅弹。我照他的话做了，然后提着枪，猫着腰，蹑手蹑脚跟在他后边，好似摸进敌阵，心里边一阵阵激动。

在一丛灌木后边，我们隐下身来。二表哥说："我先打，你千万别开枪，这儿可能有一群野雁。咱这种气枪打它身子打不死，只能打脑袋，你打不着，可枪一响就把它们全吓跑了。"

我把枪按在胸口下边，两眼死盯着前边一片野树，我一直没有看见那些野雁在哪儿，只听砰的一声枪响，眼前群鸟从草木丛中轰然腾起，四处乱飞，好像打散了世界。二表哥兴冲冲叫了一声："我打碎了它的脑袋！"起身蹚着野草丛莽冲了出去。

我怔了一下，跟着也冲出去。野草过腰，棘荆拦人，我顾不上了，手脚感觉疼痛也不管了，自以为一直跟在二表哥身后，可愈跑离他愈远，渐渐看不见他了，我站直身子一瞧，前边荒

枯井

天野地，我走岔了道？大声呼喝道：

"二表哥！"

居然没人应答。我加大声音再喊一声，还是没人应答。我站住四下一看，慌了。这是什么地方？野树野草野天野地，而且一只鸟儿也没有。我有点怕了，怕迷了路，赶紧掉过身往回走。可哪里是我的来路？周围一切全是陌生的。我是不是走错了方向？我忽然想起刚刚停放自行车那个地方有一棵很高的杨树，但我从周围高高矮矮的树木中无法认定究竟是哪一棵。我只能把自己身体的正背后认定为来时的方向。我必须原路返回。

在慌乱和恐惧中，我一边喊着二表哥，一边深一脚浅一脚在野地上回奔。两次被什么东西绊倒，右腿膝盖生疼，我完全顾不上去看腿部是否受伤。这时，忽然觉得好像有人呼我。我赶紧停下来，屏住呼吸，静心听，果然是二表哥的声音，他在呼我！我惊喜至极，大叫：

"我在这儿呢！二表哥！"

可是，他的声音有点怪，声音很小，好像与我相距挺远，而且我分辨不出他声音的方向。像在前边，又像在左边。我一边往前疾走，一边喊："你在哪儿？"我怕失去了他的声音。

忽然，我又听到他的声音，这一次声音距我不远，但仍然很小很小，这是怎么回事？好像他藏在什么地方，在周围一堵

75

墙或一块石头的后边。然而这一次，我从他的声音清楚地辨别出他的方向——右前方，而且不远！

我急忙向右前方跑去，跑出去不过十来步，突然一脚踩空，竟然凭空掉下去！平地怎么会掉下去？我感觉就像掉进大地张开的一张嘴里，我四边什么也抓不到，急得大喊救命，突然我像被什么抓住了，其实没有谁抓我，是我手里抓着的枪卡在头顶上边什么地方，好像卡着大地那张嘴的上下嘴唇之间。我抬头望，上边极亮，竟是天空；下边一片漆黑，四边没边，深不见底。难道我掉进了一个洞？一个万丈深渊？我极力抓着卡在洞口的枪杆，想把自己拉上去，可是我的臂力从来就非常有限。怕死求生的欲望使我用上全身力气拼命往上一挣，跟着听到咔嚓一响，枪杆断了，我想我完了，栽落下去！我不知要掉到什么地方去。

下边并非没底。突然，我整个人实实在在摔在下边，幸好下边是很厚很厚的烂泥。但我还是浑身上下剧痛。这时，忽然一个声音就在眼前：

"别叫了，我比你还疼，你砸我身上了，我的腿多半给你砸断了！"

是二表哥吗？是他。可是眼前一团漆黑，我什么也看不见。只听他说：

"现在咱俩全掉进一口枯井里了,没救了,只有一死。"

我听呆了,惊呆了,彻骨的冰凉,这么容易一下子就来到阴阳两界之间?

"我以前听说过这些荒村子里边有枯井,曾经还有人掉进来过。我来过这边几趟,从来没碰上过。今儿怨我,一心只奔着那只大家伙,忘了枯井,掉了进来。原以为你能救我,谁想你也下来了。现在谁也救不了谁了,只有等死。"

看不见二表哥,只有他的声音,他的声音有气无力,就在我的对面。

等死?怎么能干瞪着眼等死!我便大喊起来,心一急,索性狂喊,一直喊到没力气了,也没人应答。

"这地方一年半年也不会有人来,外边能听得见你喊声的只有那些鸟儿了。它能把你救出去开枪打它们?"

"你还有心思说笑?再不想办法,咱真没命了。"

"想办法?咱俩的命已经攥在阎王爷手里,你还真想活?怎么活?拿什么办法——你说?"

二表哥的话平静至极,显然他已经理性地面对了现实。这种理性叫我定下心来。我才明白,我们已然身陷绝境!

在这荒郊野外、了无人迹之地,绝对没有任何人相救,而我们自己是绝对没办法爬出这枯井的。渐渐地,我看清楚了我们身处的环境。这口致命的井大约两丈深,井内早已无水,井底的稀泥是多年雨水所致。由于下宽上窄,湿滑的四壁无法攀登,我们手里的工具只有两杆枪,枪比人还短,有什么用?我忽然看到右边有一根很粗的绳子垂下来,心中一阵惊喜与慌乱,竟以为有人营救来了,翻身要起来去抓那根绳子。二表哥发出声音:

"那是一根树根,从井壁伸出来的,与上边没关系。"

任何希望都是不存的。

我逐渐看到二表哥的脸。在井底朦胧的光线里,他的圆脸不再是红润的,更像一个素色的苍白的瓷盘,五官像用墨笔画上去的,刻板而没有任何表情。

"我刚刚真的把你的腿砸坏了?"我对他说。

二表哥的回答叫人胆寒:

"用不了太多时候,我们就该捯气了,还管他腿不腿的。"

二表哥似乎已经超然世外,我却还在做最后的挣扎,后来竟忍不住对二表哥痛哭起来,并一边哭一边说:"我们很快要死了吗?"

没想到二表哥如此淡定。他说:"已经死了!你要是不甘心,最多也是等死。"

枯井撞園
2021.11.九/馬

枯 井

三

我坐在井底的烂泥里，鼻孔呼吸着令人窒息的腐臭的含着一种沼气的空气，耳边响着二表哥不绝的呻吟声。他的腿肯定在我掉下来时被砸断了，因为他一直背靠井壁斜卧着，一动不动，他明显已经动不了了；他清醒时没有发出一丝叫苦之声，睡着后便不停地发出痛苦的呻吟。这表明，他的心已经死了，只有肉体还活着。

四周漆黑一团，头顶上边的井口里，是一个圆形的银灰色极其通透的天空。这圆圆的天空正中，是明亮、苍白、冰冷、残缺的月亮。除此纤尘皆无。这是一个要死的人最后看到的人间景象吗？这景象是神奇还是离奇？

在我直面月亮时，忽然想老婆、家人、二表嫂一定在着急地找我们。他们一定会来找我们的！他们知道我们到南郊这边来，但我们这次改了地方，到潮白河故道这片荒村来了，他们会想到吗？猜到吗？找得到吗？这个想法曾一度重新燃起我生的渴望。我想出一个好办法，我身上有火柴，我应该把衣服脱下来点着，扔到洞口外，引起野火，引来找我的家人。这疯狂的想法令我激动起来，可是很快我又陷入绝望。我身上的烟卷和火柴早已被井底的泥水泡烂！

随后，月亮从井口处一点点移走，阴冷的井底黑得伸手不见五指。我把眼睛闭上一动不动，更因为饥饿使然。昨日进入荒村前，二表哥叫我轻装上阵，我没带任何吃的。坠入枯井已经快一天了，渐渐饥饿难熬。井里没有任何可以充填空腹的东西。我感觉到了低血糖、心慌、昏眩、抽搐，一度真有吃烂泥甚至咬自己一口来充饥的幻想。后来，很奇怪，我感受不到饥饿了，原来饥饿和疼痛都可以慢慢麻痹和接受。我相信，人的身体在极度饥饿时，一定有一种自我保护的机制站出来，对饥饿感进行自我抑制。

但是，跟随而来的一种可怕的感觉不可遏制，就是衰竭。我觉得从身体内部出现一种困乏、软弱、松懈、瓦解的感觉，我像一个气球撒气了，一串珠子散挂了，一团浓密的雾气开始消散了。我第一次感到生命其实是身体里的一种精气。一旦散了，没法抓住。这就是死亡前的幻灭感吗？

我在这感觉中渐渐睡着了，也可能是昏迷了。迷迷糊糊醒来时，井里变得朦朦胧胧，略能看见一点东西。二表哥倚着井壁还在睡。我忽地发现他的脸好像缩小了,还有一点变形。怎么,他死了吗?我叫他两声。

"我还没走——"他忽然出声,"快了。"

死亡正向我们走来,我已经感到了,我也没有心思说话了。一天来,经过各种情感的折磨与忧思,我渐渐把人间的难舍难离的东西放下了。我尽力叫自己明白,没什么放不下的。放下了才是真正的解脱。这就是死亡的哲学。

不知过了多少时候,我听到有人唤我。

睁开眼时枯井里似乎亮了一些,头顶上井口的一边有一抹阳光。呼唤我的是二表哥。他像是坐直了一些,不等我开口,便说:

"我必须要对你说几件事——"

不等我问,他竟然主动地说:

"这几件事一直在我心里掖着,都是我干的缺德的事、伤天害理的事。"

我听了这几句没头没脑的话,已经不知说什么。可是他根本没在乎我怎么想,依然接着说下来:

"我这几件事没任何人知道,只我自己知道。我原想带着它们走,可是我带不走它们。人间的事最终还得撂在人间;我必须说出来,放下来,才好走。反正咱俩已经是死人了,死人的话活人听不见。现在你只管听,别问。你要是觉得我是王八蛋,你就骂我,随你便。好,我说了——"

没想到,这个一直叫我敬着的老实本分的二表哥撩开他的人生内幕,竟是这样一些令人毛骨悚然的东西。

四

"我从小人见人爱,谁都很想抱抱我,胡噜胡噜我的圆脑袋,拿我当个老实巴交的傻小子。其实都叫我骗了。我自小就不是好东西。我坏,人的坏并不是跟人学的,我从根儿上就坏。"

我从来没听别人这么谈自己的。我暗暗吃惊。

"我初中时班主任惹了事,学校叫他做检查。由我们班抽出几个男生,三人一组,轮班盯着他。我值班时,发现他有说梦话的毛病。他的梦话很古怪,听不明白,愈听不明白愈觉得有问题,我就把这些梦话悄悄记在小本子上,转天交给学校。学校派人审讯这班主任,叫他交代这些梦话暗藏的'阴谋'。谁会记得自己的梦话,又会知道自己说的是什么?这便把班主任折腾得屎都快出来了。吓得他晚上不敢睡觉,一连折腾了许多天，他患上了严重的神经衰弱，人瘦成一条线。事情过去后，他无论体力还是精神都没法再教书了，就回到湖南养病。他老家在湘中的滩头，老娘和老婆都在老家。他回去就再没回来，后来听说他死了。怎么死的不知道。有人说他闹抑郁症扎河里了。

"我心里明白，他是因我'告密'而死的。但学校主管的领导没对人说，谁也不会知道这件事与我'告密'有关。我那班主任就更不知道他遭遇的一切一切，都与我偷偷记下他的梦话有关。你说我有多坏。我为什么这么做？我有压力吗？没有，有什么好处吗？没有。我难道不明白人根本不会知道自己所说的梦话吗？我应该知道。我为什么去'告密'？我和谁学的这种'告密'行为？人天生就会告密，就有这种害人的心思吗？我天生是不是就很坏？我再说这样一件'告密'的事——

"有一次我在火车上，看到一个女人从车厢一端慌慌张张跑过来。这女人很瘦很穷，天挺凉穿得很薄，那时候火车上常见这种人，没钱买车票，在车里躲来躲去，躲避检票。当时，她身后那节车厢里正有一个列车员粗声吆喝'检票'。

"车厢里很挤，走道上都站着人，这女人很难跑掉。她忽然在我身边蹲下，小声对我说：'你的腿挪开，叫我躲躲。'然后一猫身，就爬进我的座椅下边。

"不一会儿,检票员过来给我们检票,检完票正要继续往前走时,我竟然悄悄拉了拉检票员的衣服,用眼神示意,叫他看看我座椅下边。检票员明白了,弯下身一下把趴在我座椅下的穷女人拉了出来,跟着连推带搡把这穷女人带走。等到下一站时,把她推下车去。

"没想到,我示意给检票员那个很隐秘的动作,叫坐在我对面的一个中年男子看到了。他先是什么话也没说,不停地瞪我,后来忍不住了,挺气愤地对我说:'人家又没惹你,干吗告发她?'我无言以对,坐了一会儿,觉得挺尴尬,只好站起来换个车厢。

"是啊。一个穷女人并没招我,为什么去告发她?我图什么?我是不是天生很坏?而且我对比我厉害的人并不敢坏,我的坏专对那些伤害不到我的人。"

"再告你一件事。这是我最下流、最混蛋、最见不得人的事!如果不是咱们死到临头了,我绝不会说。现在我也不管你会怎么想我了,反正我非说出来不可了。"

这时,说实话,我真有一种人在世外的感觉。我知道,他下边的话是人世间绝不可能说的,但对于我,已经没有任何世俗的好奇了。他呢,说到这里,声调忽然提高。显然他需要拿出身体里最后一点气力,把最难说出口的话说出来。等到他把

枯 井

下边的话一说出口，我有一种站在结冰的河面，冰面突然坍塌的感觉。

"你知道，是你大表哥把我养大的。"他说。

"他也帮我家很大的忙。"我说。

"不行，咱不能这么说，你也别再搭话，否则我讲不出来了。我身上的气不多了。我现在必须把事情简单直接地说出来！我的时间不多了！"他沉一沉，喘一喘，接着说："十五年前一天半夜，我正睡得香。我大嫂——你大表嫂去走廊那头茅房解手——那时几户共用一个茅房。你大表嫂解手回来，走错了门。我屋的门不是紧挨着我大哥的屋门吗？你大表嫂上床掀开被子就钻进我被窝里了。我呢——就把她干了！"

他没说过程，直接说出了结果，他的口气很坚决，因为这是他死之前要说和必须说的话，他不能迟疑，必须下狠心一下子吐出结果！黑暗中的我一定是目瞪口呆，我听蒙了！看似平平淡淡的人间怎么有这种丑恶和罪恶？！

他把事情的结果说出来后，下边的话就变得平静与冷峻了。

"你大表嫂明白过来后，傻了！她不能喊，一喊全楼的人就知道了，我一家人不是全毁了？我呢，我不是说我坏吗？当时我要是叫你大表嫂明白她走错屋，然后蹑手蹑脚回去就什么事也没有。可我那时正年轻，没有女朋友，天天想老婆；我又喜欢你大表嫂，又白又嫩又好看，我平时心里总琢磨着她呢。一时禁不住，翻身把她压在身子下边。"

听到这里，我心中怒骂道："这王八蛋！"

"你心里肯定在骂我。我对不起大哥大嫂。我做那事的时候心里也在骂我自己，我对不起大哥。自打我爹妈过世，是大哥把我养活大的。可是我那时管不住我自己。不仅那天，我混蛋，后来看到你大表哥出差时，我管不住自己，把我大嫂拉进屋里接着干了。我不仅是坏人，还让你大表嫂当了坏人，我们一起骗你大表哥。

"三年之后的一天，你大表哥说他们纺织机械厂援助大西北，派他去。他全家走了。临走那天，大哥约我两人在后街那个小馆喝酒吃饭。他说这顿饭一半算是他辞别，一半算我为他送行。但只说为他送行，不提为你大表嫂送行。那顿酒喝得别别扭扭，好像有什么硬邦邦的东西窝在心里，堵在心里。我和你大表嫂的事一直瞒得严严实实，我这人心细，你大表嫂比我还能装，我大哥好像从来没有敏感过。可是，这天喝酒到最后，大哥突然问了我一句：'咱们这一分手，说不好就是永远分手了，你有什么话要告我的吗？'我觉得这话味儿不对，话里有话，不管他什么意思，我这事怎么能跟他说。我说不出话来。忽然咔嚓一声，他把手里的杯子捏碎了，手直冒血。什么话也甭说了，我们哥儿俩便分了手。从此相互没再联系，我给他写过信都没回信，几年过去后耳闻我大哥大嫂在宝鸡那边离婚了。为了什么谁也不知道。

"我当然知道。我毁了他、大嫂和他们一家！"

他说完这句话，就没声音了，而且也没有呻吟和喘息声。我没有呼喊他。我知道，他该走了。我也失去了活命的欲望。一种死亡的气息渐渐包围和吞噬了我们。我浑然不觉。

一缕刺目的光忽然穿过漆黑一片，照进我似乎已经不存在的身体里。我还听到一句问话，不知由何而来，是何意思：

"哎——哎！你们还活着吗？"

五

我和二表哥是在这阴阳两界之间待了多少时候，谁也说不好。人活着的时候需要计算时间，死亡是对时间的放弃。时间对于被人间放弃的我们已经没有任何意义了。

直到得救以后才知道，在我们失踪后，我们两家人像疯了一样寻找我们。我的学校和二表哥工作的手表厂都派了人，相互配合，在南郊广袤的旷野进行拉网式的搜索。凡是二表嫂想得起来的地名，他们一定要彻底摸查一遍。那里到处都是野地野水，到处都一望无际，他们一天比一天绝望。

大约在第四天，手表厂派来的人中间有一个人当过警察，有办案经验，眼睛尖，他在南郊小林子那边发现了地上自行车的轮胎印迹，便顺着车痕一直走到潮白河边的荒村里，终于发现到我们的自行车。这便鼓起了人们的信心，厂里又加派一些人来，终于在乱草丛中找到了我们跌落下去的那口枯井。我俩是在阴阳交界处，马上就要告别人间时，被亲爱的家人与同事奋力地从井里拉了上来，拉回人间。

这种生还的感受无可形容。这是一种绝路逢生，狂悲狂喜。我从没感受到日常的生活与人间的亲情，胜过天堂。我在把儿子抱在怀里，回答他种种天真的发问时，觉得自己所经过的事比他的问题还不靠谱。头几天我夜里不叫老婆关灯，一关灯我就像又回到枯井里。

我从身体到精神一天天开始还阳。可是听说与我一同起死回生的伙伴二表哥却不大好。我从床上下地还站不稳，不好去看他，就叫老婆给他送点酱货，送个西瓜。我老婆带回来的消息并不乐观。据二表嫂说，他打回来一直闭着眼不说话，手表厂请来医生给他检查身体，说他腿骨倒是没有断，有点裂缝，给他上了石膏,打了夹板,很快会好。身体的器官没有毛病,可是不知为什么,他一直直挺挺躺在床板上,闭着眼,什么话也不说,脸上没有活气,看上去像床板上停着一具尸首。不论二表嫂跟他说什么,甚至对他哭了,他也一声不出。

二表嫂叫我老婆问我:"他还出了嘛事?枯井里阴气重,是不是中了邪?"

我听了,先是不解,后来渐渐明白,这完全与我有关。就因为他把自己那些坏事脏事伤天害理的事告诉给我。人最能给自己保密的还是自己,一旦告诉给别人,便无秘密可言。当时在枯井里,我俩都认定自己马上就成为死人,死人告诉死人的话,怕什么?可是现在我俩被救,都活了,活人告诉给活人,往下怎么活?

我想好了,过几天能走动了,去他家,对他立下死誓,终生保密,死也决不泄露半个字!

他会信吗?

不管他信不信,反正我也要对他发誓。泄露一字,地灭天诛!

可是多日之后,二表嫂忽然来说,二表哥不见了。自从我们被救回家后,他一直闭眼躺在床上一动不动,好像钉在床板上,现在却突然一下子没了,听了有点吓人。我老婆傻里傻气地问二表嫂：

"他别是又去打鸟了吧？"

"还打？不是找死吗？这辈子甭想再去了！"二表嫂说，"枪已经叫我卖给委托店了。"

于是，我们赶紧四处找他。满城里凡是认识的人家都问过了，没人见过他。一个月过去仍旧没有踪影。二表嫂掉着泪说："叫鬼勾去了，自打他救回来，魂好像就没回来。"

我听这话，心里不禁打个寒战，从头顶一直凉到脚心。我好像明白他的去处——他准是回去了，又躺在那枯井的烂泥里。

那口枯井是他人间的出口。

现在一个多月过去，应该早走了。

我愈想愈坚定地认定是这样。因为心里有这个认定，才没有再去南郊，也没向任何人说我这个猜测。

对二表哥那段"临终之言"、那些事，我一直守口如瓶。但搁在我心里挺不好受，好像这些事是我干的。也就是说，把坏事藏在谁心里都不是好事，无论是自己干的，还是别人干的。

二〇二一年四月清明前初稿
二〇二一年十月十一日定稿

跛脚猫

跛脚猫

一

今天一醒来就觉得不对劲儿，我竟然感觉到我无所不能。这感觉并非虚妄，还有点自我的神奇感，分明就在我的身上。我不知道这感觉从何而来，也不知道我忽然有了何种特异的能力。我现在还躺在床上没做任何事情呢！没有一点具体的事实可以证明我这个感觉并非虚妄——我凭什么觉得自己无所不能了？我是不是哪儿出了毛病？我神经出问题了吗？

我坐起身来。从里屋走到外屋，我觉得身体有一种飘飘然的感觉。我好像驾驭着一阵风瞬间到了我的外屋，我好像不是"走"到外屋的。我对面是两个放着许多书和一些艺术品的柜子，还有一张堆满稿纸与文案的书桌。迎面墙上挂着一幅我的书法，上边写的是我自己的一句格言：弃物存神。此言何意，我后边再说。反正我从来不书写古人或名人的诗文，我瞧不上那些只会抄录别人名言名句的写字匠们。那些人舞笔弄墨，却不通诗文，只会按照古人的碑帖照猫画虎写几笔字——还不是"写字匠"？

我天天早晨起来，到了外屋，都会面对着这面墙。不知为什么，今天这面墙却似乎有点异样，好像可以穿越过去。我居然觉得自己可以像崂山道士那样一下穿过墙去。不想便罢，这么一想，我身上那种无所不能的奇特的感觉便突然变得"真实"起来。我开始有点害怕，我怕我身上发生了什么可怕的变异。外星人在我身上附体了吗？

未知总是难以拒绝的诱惑。我不由自主地向对面的墙走去，这时已分明感到自己身体无比轻盈，好似神仙一般飘然而至墙前。我的墙那一边是一个人家。但我住的是连体的公寓房，和隔壁的人家不走一个楼门，完全不知墙那边的住户是谁。我伸出手，隔着书桌去触摸墙壁，我想试一试墙壁是不是一个实体，证实一下自己脑袋里的"穿墙而过"是不是一个莫名其妙的荒唐的臆想。但是，极其神奇又可怕的事出现了。当我的手指一触到墙壁时，好像进入一个虚无的空间里，好似什么也没碰到，同时却惊奇地看到我的手指居然毫无感觉地进入墙中，我再往前一伸，我的手连同胳膊竟然也伸进去，进而我的身体也完全没有任何阻碍地穿过书柜；在骤然而至的惊慌中，我完全失去重心，身子向前一跌，一瞬间我闯进一个黑乎乎、无依无靠的空间里。我差点一头栽倒，慌忙平衡住自己。这时，我闻到一种沉闷的、温暖的、混着一种很浓的香水味儿的空气，渐渐我发现一间拉着厚厚窗帘而十分幽暗的房间，一点点在我眼前呈现出来。我已经站在一个完全陌生的房间里——我邻居的家里。我惊讶，我奇异，我恐慌，不管这到底是怎么回事，反正我真的"穿墙而过"了！这是怎么回事？一种童话和魔幻故事里才有的奇迹，竟然在我身上发生了？

我努力使自己镇静下来。这时，我发现这邻居家的屋内只有一人，这人还在熟睡。我穿墙过来时竟然没有发出声音把这人吵醒，我是在梦游吧，还是死了？难道我现在是一个游魂野鬼？

突然，我发现熟睡这人是个女子。她趴在床上睡。一头黑黑的卷发，头发下边一段粉颈，一条雪白的胳膊连带着光溜溜的肩膀从被窝里伸出来。我是一个还没有找到老婆的男人，头一次看到在床上裸睡的女人，也有一点心旷神怡。我忽然想到，她是那个在电视台做主持的极其著名的女人——蓝影吧！我只知道她不久前刚搬进我这个高档小区玫瑰园，没想到她就住在我的隔壁！她非常漂亮，真像天仙一样。她名气很大，但她十分傲慢，我只在小区门口碰到过她一次。她走路时从额前垂下的头发挡住了上半张脸，使人无法看清楚她的面孔。她走路时哪儿也不看，明显谁都不想搭理。漂亮的女人全都傲慢。可是现在她却赤裸裸躺在我面前——虽然下半身裹着一条薄被。我心魂荡漾起来。我想，反正我现在没什么可怕的了，即便有了麻烦，转身一步还可以再穿过墙壁跑回自己的屋去。这想法居然使我"色胆包天"！我居然过去哧溜一下没有任何障碍就钻进她的被窝。她的被窝里一股浓浓的暖烘烘的肉体的香味，弄得我有点疯狂。可就在这时，我忽然发现眼前一对很亮的亮点，金黄色，像灯珠。这是什么？被窝里怎么会有这种怪东西？这对灯珠好似紧紧直对着我，同时我还听到一种呼哧呼哧的声音，好似动物在发怒，忽然这东西猛地一蹿把被子揭开。我一慌跳下床，扭头再看时，这女子只穿一条内裤、光着身子趴在那里，旁边一团硕大的黑乎乎的东西，原来是只非常肥大的黑猫——她的宠物！刚才那对金黄色的亮点，原来是黑猫的眼睛。黑猫正对我怒目相视。我看傻了，呆呆立在屋子中央。

就在我不知所措时，蓝影忽然翻身坐起来，我马上会被她发现，跟着她会惊叫和呼救。我的麻烦降临！可是，事情完全出乎我的意料，她居然没有看到我。只见她半睡半醒、迷迷糊糊地对着床上的黑猫说："你又把我闹醒了，我下午还得录节目呢！"说着她一边揉着眼，一边下了床朝我走来。

她马上要与我撞个满怀！这时，她揉眼的手已经放了下来，而且离我只有一步之遥。我正转身要跑，可是这一瞬间我惊奇地发现,她那双带着睡意的眼睛竟然没有看到我——我就站在她面前,她怎么没有看见我?她是一个盲人?我好像精神错乱了。

接下去发生的情况,更叫人惊奇。当她光溜溜的翘着乳房的身子挨到我时,我也没有任何感觉,她居然穿过我的身子,一无所碍地走到我的身后,径直去到卫生间。此时我已经知道,现在的我已不是一个实体,不再是一个实有的人!而且我与那个英国作家威尔斯写的"隐身人"不一样,威尔斯的隐身人只是别人看不见他,他却是一个实体,别人可以摸到他。我不同,我不再是一个生命实体,我只是一团空气那样,我是虚无的。我看得见一切,别人却看不见我。我虽然可以闻到气味,听得见声音,但我对任何东西都没有"触觉",所以当我与任何物体相碰时都不会发出声音。我忽然焦急和恐慌起来,因为我与这世界已经没有任何关系了。

我对于别人来说已经是不存在的吗?我说话别人听不见;我看得见所有东西,却摸不到任何东西,更挪动不了任何东西。我还是一个生命吗?我还有人的什么需求吗?我还会饿吗?还会感受到冷热吗?还需要睡觉吗?还用去卫生间吗?我除去能随便进入任何空间,还有什么更特异的"本领"?我是不是突然死了,现在只是一个人间传说中的那种无处可归的游魂?难道人死之后就像我与蓝影现在这样——阴阳相隔?尽管人间的事我全能看到却丝毫奈何不得；哪怕你活着时能主宰一切、颐指气使，到头来却照样一无所能？当我想到我无法再与任何人说话、交谈，我认识的人全可以看见，他们却看不见我，我便感到了一种极大的恐怖。我感觉自己进入了一种绝对的无边孤独中。这种"死亡的孤独"可跟活着的人的孤独完全不一样了。

蓝影从卫生间走出来。

当我再次看到她赤裸的身子时，已与刚才的感觉完全不同了。我对她已没有刚才那种感觉。她穿上一件很薄、光溜溜、浅紫色的睡衣回到床上，没有再睡，而是抓起手机，开始一通忙。查看微信，写回信，只有一次用语音回复时说了一句话："你这烂话还是说给'91'去听吧！"完全不知道她这话是说给谁的，"91"是什么意思。只见她说完话把手机调到静音扔在一边，身子一歪，扑在床上接着呼呼大睡。

我还是不甘心自己已经"离开人间"，想再试一试自己是否真的不再是一个"人"了。当我用手去摸她的肌肤时，我的手指竟然魔幻般伸进她的身体，没有触觉，好像伸进一片虚空里。我想游戏般再做一点荒唐的事，但我不能。那只蹲在床上的又黑又壮的肥猫似乎对我充满警惕。它面对着我嗷嗷叫，想要咬

我，可是它扑上来时，却像在咬一团空气，原来它也奈何不到我！这一来，我就有了安全感。于是，我、蓝影、黑猫不可思议地搅成一团，彼此不能产生任何关系，这情景真是奇妙至极！我却已经明白，我和现实的世界已经阴阳两界，彼此无关。可能这黑猫身上有某种灵异，对我这个"游魂"有一点特殊的敏感。古埃及人不是说猫有九条命吗？但我不必担心它，它丝毫不能伤害我。它在阳界，我在阴界，我们阴阳相隔。它在真实的物质的世界，我在诡异的虚幻的世界。我本身就是一种虚幻。

现在，我已经确信，自己不再是一个人，不再是一个知名的作家，我连笔都拿不了。人间的一切从此与我没有关系。那么我现在该干什么？不知道。我已经没有任何欲望与需求了。眼前只有这女人叫我发生了兴趣，并不是因为她是一个非常著名和美丽的女人，而是她与我原先对她的印象有某些脱节。

二

首先，我发现原来蓝影并不那么漂亮！她体形还算标致，当然这也离不开紧身衣和特制的胸罩的帮衬。至于面孔，那就需要在化妆台前下一番苦功夫了。每个女人都是最会打扮自己的,她们知道用什么妙法高招为自己遮掩天生的瑕疵与缺欠。如果没有亲眼看到她卸妆后的面容,真不会想到她原本竟然如此这般平淡无奇。虽然不丑,但和屏幕上那个美若天仙、令人倾倒的蓝影却判若两人。

由此,我更加相信一款流行的化妆品的广告用语:女人的美丽是打扮出来的。这是女人的真理。

我不懂得女人的那些名牌化妆品,不识"女人香",更不懂得使用眼影、眼线、眉笔、香粉、唇膏、唇线、胭脂、香水那些诀窍,所以我写作时一碰到女人这些东西就捉襟见肘,不知怎么下笔。现在,我开了眼,惊讶地看到她用化妆台上这一大堆东西,怎样一点点把自己"装修"得如同一朵娇艳的花儿。她居然还有一个碗儿形状的假发!她这么年轻就谢顶了吗?可是当她把这假发往头顶上一扣,就更加漂亮、精神、年轻,至少年轻八岁以上。

在她着装时,我领略到这女人品味的不凡。她身上每件东西都不华丽,也不夸张,一条干干净净、洗得发白发旧的牛仔裤,一件淡淡的土红色的圆领衫,外边一件松松的白色的麻布褂子,让她一下子从房间的背景中脱颖而出。她这些衣服看似普通,细瞧质地都很考究。我相信她的衣服不一定都是名牌,名牌只是为了向人炫耀，美的气质才真正表达个人的修养。她不戴任何首饰，挎包只是一个由一块土布裁制成的简简单单的袋子。但这一切都谐调一体，正好优雅地衬托她那张楚楚动人的脸。

她走出屋前，将一碟子猫食和一小盆水放在屋角。那只一直守在我附近的黑猫跑了过去。这时，我发现这猫左前腿竟然有残，好像短了一截，哦，是一只跛脚猫！它跑起来一瘸一拐很难看。她这样一位名女人，住在这讲究的公寓里，应该养一只雪白、蓬松、蓝眼睛的波斯猫才是，为什么要养这样一只又大又蠢又瘸又丑又凶的黑猫？

她出去，关门锁门，但锁不住我。我一伸腿就神奇地穿过屋门，紧跟在她后边。她走进电梯，我也穿过电梯门，站在电梯里。电梯上只有我和她两个人，面对面地站着。我看得见她，她却丝毫看不见我，这感觉异常奇妙。这使我不再觉得阴阳相隔多么可怕，因为我能够去到任何我想去的地方，看到我想看到的一切！我变得神通广大了！世界原先给我看到的更多是它的正面和表面，但出于作家的本质，更要看它的里面和背面，因为事物的正面常常不是它的真相。

我跟着她出了电梯，穿过走廊，走出楼门穿过小区到了街上。一到街上，她那神气陡然变得十分高傲，谁也不看，好像别人都在看她。前边不远停着一辆很漂亮的黑色的奔驰车。她

105

过去一拉车门就钻进去，好像是她的专车，开车的人并没下车迎她。她钻进汽车顺手把门带上，车子就发动了。我不能被撇下，赶紧跑上去一拉车门，我忘了我的手根本抓不了车门的把手，可是我的手却伸进车子。我马上意识到我现在所拥有的神力，身体向前一跃，整个人飞进已经开动起来的车子，正好坐在她身边。我朝她笑笑，她根本不知道我的存在，掏出手机来看，一边对着前边开车的人说："你车上的香奈儿的味儿是谁的？"

前边开车的人说："你诈我。我车上只有你的香味儿。我身上也只有你的香味儿。"说着回头一笑。我看到一张中年男子清俊潇洒的脸，不过他那带着笑的神气可有点像狐狸。这张脸我好像在哪儿见过，一时想不起来。

蓝影说："我从来不用香奈儿，你不用糊弄我，我也不管你的那些烂事。我只想知道，你给我选的车到底是哪个牌子？我不能总坐你的车。叫狗仔队发现了，放在网上，你不怕你那黄脸婆叫你罚跪？"

开车那人说："你总得叫我先把这房子贷款缴上。到了年底就没问题了。你只管放心。"

蓝影说："你说话这口气我可不爱听，好像我是债主。"

开车那人笑道："我是在还我的情债还不行？谁叫我是个情种呢。"跟着他换一种柔和的口气说："即便将来你有了自己的车，我还是心甘情愿来接你，只想和你待这么一会儿。我这点心思你怎么就是不懂？"

蓝影居然被这人几句话改变了心态。她忽然笑了，红唇中露出雪白的牙齿，她向前欠着身子说："你不是说要带我去黄港一家农家乐吃海鲜？哎，你怎么不说话呀，滑头？"说话的口气变得和蔼可亲。

开车这人在蓝影的嘴里叫滑头。这大概是她对他专用的一个外号。

滑头说："我哪儿都想带你去，可哪儿也不敢去。你那张脸谁不认得？"

"这么说我的脸有罪？"蓝影装作生气。

"脸有什么罪，我是说你脸太漂亮了，谁看了一眼就忘不了！"

滑头真是太会说话了。一句话又把蓝影说高兴了。其实滑头就是滑舌。

蓝影说："那咱们就约好了，还去慕尼黑吧。我总怀念阿尔卑斯山上那小木屋，就咱两个人，再赶上那天外边下着大雨，多好。"蓝影说得很有兴致，但滑头没有接过她的话，她忽而转口又说："不说那个了，你早不再是那时那个'白马王子'了，哼！"她好像一下子又回到气哼哼的现实里。蓝影这人的心理和情绪原来这么不稳定。

滑头说:"这些事咱们回头商量,你也不是能够说走就走。现在你马上就到电视台了。先问你,今晚你几点回家,我去看你好吗?"

蓝影说:"今天不行,我今天要接连录两个节目。哎,你还是把车子停在我们台的楼后边吧。"

滑头说:"遵命,小姐。晚上我可是有宝贝叫你开眼——开心。"

蓝影眼睛登时一亮,她说:"骗我,你只是找借口想见我!告我什么宝贝?"

滑头说:"这么轻易地说出来还是什么宝贝。集团这两天正忙着改制,不停地开会。我今天晚上散会也早不了,不过我完事保证把宝贝送去,交给你就走,绝不会——性骚扰。"他向后偏过脸,又露出狐狸那样的神气。

蓝影媚气地一笑:"好,晚上见,手机定时间。咱有约在先,只准你那破宝贝进屋,人不能进来。"说完推开车门下车。

我也跟着穿越过车门来到街上。

在穿过街道时,蓝影好像心不在焉。不远一辆轿车飞驰而来,我看她有危险,赶紧上去一抓她,想把她拉住。但我只是本能地去抓,忘了自己什么也抓不到。蓝影被对方车子紧急的喇叭尖叫声惊醒,机警地往后一退躲过了车子,我却栽出去,

神奇地躺在车子疾驰的大街上没有任何感觉 辛丑大熵

正被飞驰的车子撞上，我心想完了，但是我忘了，人间的一切惊险灾难已经都与我无关。我像一团透明的空气那样，眼瞧着飞来的车子从我身上穿过，刷地飞驰而去，任何感觉也没有。我被自己的神奇惊呆。

于是，我开始享受自己拥有的这种无比的神奇，我勇敢地站在大街中央，任由往来疾驰的车子在我身上驰过；我狂喜于一辆辆车子迎面奔来时，好似它们故意要撞死我，结果却从我身上流光一般一闪而过。还有一只挺大的飞鸟眼看撞在我的脸上，却也毫无感觉地在我的脸上消失了，回头一看那鸟儿，那感觉好似一架飞机疾速地穿过一团白云。我最后干脆躺在街上，任由各种车子在我身上碾来碾去。当一辆重型吊车轧过我的身体时，我感觉我已是街面的一部分。这种感觉让我狂喜异常。

这时，我忽然想起蓝影，起身一看，蓝影早不见了。

三

我去到电视台找她，她肯定已经到了台里。这个重要的新闻单位向来守卫得很严。由于各种在社会轰动的电视节目与响

111

当当的人物都在这里诞生，里边一幢方方正正、乏味呆板的大楼反而让人觉得高深莫测。当初，我的那部二十万字的长篇小说《没有翅膀的天使》一炮打响时，电视台曾把我请到这里做过直播访谈，我那次的经历和感受却不美好。第一次面对摄像机的镜头说话，强烈的镁光灯又把我照得头昏目眩。当我想到千千万万的人正在电视机前听我说话，我生怕话说得不好叫人低看了我，更怕同行耻笑，原本想好的一些精彩的话竟然全忘了，脑袋里一片空白。你知道这"一片空白"是什么感觉吗？脑袋死机了，我像一个白痴，那种感觉非常恐怖。自从那次，我发誓再也不上电视。作家用笔说话，本来就不该靠一张嘴巴。

但是我今天来电视台了，当然不是为了上电视，而是这位大名鼎鼎的女主持人把我吸引来的。我可不是盲目的追星族，我也说不好她身上的什么东西在引起我的好奇。

电视台大门严紧的守卫对我形同虚设。我大摇大摆地径直穿门而入，守卫们全然不知。我真像好莱坞大片里的超人了。

电视大厦一分为二，两边各有一个门。一边进去是行政区，一边是制作区。蓝影肯定在制作区这边，我上次被采访也是在这边。这边的人多，但与我无干，我直冲冲向里走，迎面而来的很多很杂的人全都一无所碍从我身上流水般地穿过，就像时间从我身上穿过。

这大楼的首层很高，中间一条又长又宽的大走廊，横着摆了一排排椅子，乱哄哄坐着不少人，都是被请来做演播现场的观众。这些人等在那里不大耐烦了，有的说话，有的在吃东西，有的打瞌睡。走廊的另一边有许多门，门上边用挺大挺醒目的阿拉伯数字标着号码，门里边都是演播厅。我上次做直播访谈在第 6 号。我不知蓝影会在哪个演播厅里录节目，只能从第 1 号依次找下去。第 1 号演播厅正在录戏曲，第 2 号播送新闻，第 3 号没有工作，没有灯火通明，只有几个人在修机器……我随心所欲穿墙越壁。在穿过新闻演播厅后台一个小屋时，撞见了一个胖胖的中年男子正挤在门后边紧紧拥抱着一个娇小的女子狂吻。我吓一跳，跟着我明白对于他们我是不存在的。于是我站在那儿看了一会儿。那男子原本是戴眼镜的，此刻眼镜碍事，他手里拿着摘下来的眼镜，只顾贪婪地亲吻。他狂撕疯咬般的吻姿真像一只饥饿的动物。我是小说家，对人性的方方面面都不缺乏想象，可是一旦与这样的现实面对面，还是不免惊讶。这不是一个一本正经面对公众的工作场所吗？不是夜总会啊。他们的一本正经全是装出来的吗？这女子是谁，她是主播吗？这位手拿眼镜、发疯一般的胖子又是谁？

我没心思关心他们，我要找蓝影，我穿墙回到演播厅外边的大走廊。这时，大走廊前边好像出现了什么情况，乱哄哄挤着许多人，有人大声呼喝，我奔过去挤进人群。现在我挤进人群中是毫不费力的，因为我不占有空间。我突然看到被围堵和夹峙在人群中间的是一个夺目的女人，正是蓝影！她左右都有一两个身体结实、留平头的男人为她排难解纷，这些人大概就是人们常说的保镖了。她好像已经很习惯这种场面，丝毫不紧张，很从容；脸上的神情中混合着两种对立的东西，一是亲近的微笑，一是淡漠的疏离。我不知她是怎么把这两种彼此相反的东西混在一起的，反正此刻的她需要这两种东西。作为公众人物的形象她要表现出一种亲和，在过分热情的粉丝面前她又要拉开距离。这时一个人大声询问她：

"你和曹友东还有联系吗？今年情人节他送你什么礼物了？"

曹友东是谁？不知道。我只知道这种问题一定来自一个娱乐媒体。跟着一个女子尖声问她：

"听说你搬家了，你是搬到'清溪畔'别墅里去了吗？谁帮你买的房子？"

这答案我知道。当然，不是"清溪畔"。我和她住的那个小区叫作玫瑰园，是个高档公寓。显然这个小编还都是捕风捉影，没有摸清她的底细。

这时，她一扭头正好面对我，她朝我看了一眼，我一怔，她怎么会看到我了，难道我还阳了？很快我明白了——我回过头去，只见我身后不远的地方站着一个男人，原来她是透过我，看一眼我身后这男人。我还发现，这人就是刚刚在新闻演播厅那个狂吻小女子的戴眼镜的胖男人。

她只看这人一眼，掉头就拐进8号门，8号演播厅外有几间屋子，她推门走进一间，是一个化妆间。里边设施很简单，左右是化妆用的长桌，几把椅子，两面墙全是镜子。镜子相互映照，屋子显得挺大。我发现一个很奇怪的现象——镜子里没有我，我跑到镜子前使劲看，还是空空如也，没有自己。现在我没有任何恐慌了，有没有都无所谓了，反正我自己还能够感觉到自己。

我从人群中出来，站到了屋角。其实我站在屋子中间也不碍任何人的事。我选择屋角，只是出于一种想要好好旁观一下的心理。

蓝影坐在那里派头挺足，看她的举止和神气，她似乎很享受自己这种派头。她不时面对镜子看一看自己，好像她挺欣赏自己。有人给她斟茶倒水，还有人来给她按摩肩背和颈椎；她不叫闲人进来，也不和人说话，不准任何人打扰她。当然，在登场演播之前她有理由需要平静。只是过了一会儿，一个络腮胡子、长得很结实的人拿着一卷纸跑进来，与她研究节目一些关键的细节怎么处理。我从他们的交谈中，听到她今天主持的是一个竞猜节目，内容与文学有关，这叫我分外感兴趣。但是我有一点怀疑——这样一个花瓶式的女人有足够的修养能撑起这个文学节目吗？

随后就进来一位化妆师给她上妆。这位化妆师看上去很时髦，头发呈棕红色，脑袋后边梳成一个马尾，耳朵上戴着奶白色的听音乐的耳麦，这使他一边走一边随着耳朵里的音乐晃肩扭腰。他脸上皮肤粗得像牛皮，穿一件文化衫，手里提着一个花花绿绿的化妆箱。别看他外表花里胡哨，化妆技术却超高明。在极短的时间里一通忙乎，便叫蓝影加倍放出光彩。照在镜子里的蓝影露出满意的笑容。这化妆师说："其实你的双手也很美。哪天你做一档靠手说话的节目，你叫摄制组多架一台摄像机，专拍你手的特写，我给你的两只手好好捯饬一下，保证出彩。"

蓝影笑道："看来我得跟着刘谦表演变魔术了。"

化妆师说："我教你一手魔术。"说着居然把手从蓝影胸前的领口伸进去。这人胆子竟如此之大！

可是蓝影并没有发怒，只一打他的手说："你不怕人看见？"

化妆师笑嘻嘻说："我不怕，你怕。"说完把手抽出来，提起化妆箱又说一句："节目完了早卸妆，你脸上的色斑可见多了。"

说完便走了。

原来电视后边,远比电视上的节目叫人惊奇得多。

化妆室只剩下蓝影一人。虽然还有我,但我是不存在的。

化妆后的她依旧坐在那里,在等待节目开始吗?这当儿,她忽然显得很疲惫,垂下头来,似乎在想什么。再抬起头来面对镜子时,她的眼睛神情特别。我跑过去,与她面对面,反正我不存在,我可以近在咫尺地瞧她。我惊讶地发现她眼睛好似秋天的旷野,一片空茫、荒芜、冷漠。我从没看过这种眼神。这眼神与她外表的光鲜和高傲可不一样。我想到了我写过的一句话:

眼神的深处一直通着灵魂。

四

当蓝影穿着她标志性的蓝色长裙从幕后信步走到强光通彻的舞台上,真是太美、太动人、太夺目,优雅从容,仪态万方。美的自信使她更美。她的魅力带着压倒一切的气势。尽管演播厅的观众席最多不过二百人,但瞬间爆发出的欢叫与惊呼声有如排山倒海,蓝影站在舞台中央,面含微笑,落落大方地接受人们对她忘我的喜爱。只有真正的大明星才有这种气质。这种气质是既叫你感到亲切，她又高高在上，与你拉开距离，叫你觉得她高不可攀。

她这条蓝色的长裙做工考究，材质柔中有韧，光泽撩人，然而这裙子上却几乎没有一点装饰；它一定来自一位顶级的崇尚简约的服装师之手，把一切高深的功力都用在剪裁上。这剪裁是一种造型，刚好把她体形优美的线条勾勒出来，高贵之中还含着隐隐的性感。其余便只有一条天青色的薄纱，绕过她挺直的后背，再穿过她双臂的臂弯，长长又缥缈地垂下来。这就足够了。不应该再用什么华丽的饰品出来炫耀，打扰人们去关注她那张美艳绝伦的脸。

同时，我还领略到刚才那位带点流气的化妆师技术的高超。我在蓝影的家里看过她素颜时本来的面目，也看过她化妆后如何焕然一新。刚刚在化妆室里，那位化妆师只是给她再做一点提升而已，可是不知那个化妆师用了什么绝妙的手段或材料，使她这张脸给舞台的强光一照，加倍地焕发光彩，透明、纯净、明媚，却不失含蓄和内在。她似乎告诉你，真正女人的美不是向外夸张，而是向内蕴含。此刻她这张脸，便分明是那位化妆师的"作品"了。他提升甚至再创造了她的形象。她当然知道他的必不可少，所以才忍受他的鄙俗与狎邪。难道这都是她必须付出的一种代价吗？也是一个大明星必须付出的成本吗？

　　忽然，我发现自己现在竟然站在舞台上。我这样一个与节目完全无关的人，竟然碍手碍脚地站在主持人身前，怎么没有人感到奇怪，没有电视台的工作人员拉我下去？跟着，我又笑自己，怎么又忘记自己是一个根本"不存在"的人了。这时，我已经注意到舞台的灯光打在我身上，竟然没有任何光亮；我还发现——自己没有影子！我试着在舞台上又跑又跳，胡跑乱跳，都不会与任何东西相撞，也没有声响。于是我便大模大样地在舞台中央盘腿一坐，嘿，谁也不可能像我这样看录制节目！从一早起来，我没吃早餐，折腾到现在，居然不渴也不饿，我是一个活人吗？我还是一个活人吗？这样活着有什么不好？

　　我来不及往下想，她的节目把我吸引过去。

　　蓝影问一个竞答的年轻人："你能说出三个唐诗中描写过的著名的古建筑吗？你听好了，回答我这个问题还有两个附加条件。一是你必须说出这首唐诗的作者，背诵出其中的一两句诗；二是你所说的这座古建筑必须今天还在，不能是已经损毁和消失的。明白了吗？好，现在回答——"

　　她说得流畅又清晰。显然她上台前做足了功课。

竞答的年轻人虽然看上去只有十四五岁,胖头胖脑傻乎乎,却挺厉害,开口便说:"一是黄鹤楼,作者李白,'故人西辞黄鹤楼,烟花三月下扬州'。二是滕王阁,作者王勃,'滕王高阁临江渚,佩玉鸣鸾罢歌舞'。这是一首七言律诗,我就不全背了。"

蓝影笑了,对这年轻人说:"王勃这首诗是他写在文章《滕王阁序》结尾的诗,不大好背诵,你能背出这两句就很不错了。"

这年轻人竟然说:"《滕王阁序》全文我都能背。"他说得挺认真,又十分单纯。

演播厅里一片笑声,蓝影大笑,笑得很亲切,她表现出对这年轻人的喜爱,她说:"你真棒!但今天你先别背,你留一手,下次我们有古文竞猜竞答节目时一定请你来。你别忘了,你现在只答出黄鹤楼和滕王阁两个,还差一个与唐诗相关的古建筑没回答呢。"

这年轻人下边的回答好像一直在嘴里,他张开嘴就出来了:"寒山寺,作者张继,诗名《枫桥夜泊》:'姑苏城外寒山寺,夜半钟声到客船'。"

观众席一片掌声。

蓝影露出惊讶,叫道:"你这么有学问,我都快成你的粉丝了。你在大学读博吗?"

年轻人说:"我初中二年级。"

蓝影说:"现在真是后生可畏,这么年轻就满腹诗文了!"她的主持真有魅力,亲和、自然、诙谐、放松,声音还分外好听,而且她掌控场面的能力极强,想放就放,想收就收。这使得现场生动活泼,很有气场。她忽问这年轻人:"你这么喜爱古典文学,也喜爱读当代的文学吗?"

这年轻人听了,有点发怔,迟疑地说:"读过一些。"

蓝影说:"我们城市近几年冒出一位名作家,现在很红,他有一本《没有翅膀的天使》你读过吧?"

我像当头给敲了一棒,震惊!完全没料到她会突然说到我。我完全蒙了。我居然这么知名吗?我很惊奇,我和这位名主持人毫无关系,她怎么会如此响亮地把我的作品说出来,难道她知道我在现场?不不!我刚才在她屋里她都不知道,现在怎么会知道我在这里,这是怎么回事?我一慌,蹿起身子,掉头便跑,我感觉有人喊我、有人拦我、有人抓我,其实没人,只是我的错觉而已。我穿过物体穿过人穿过墙,穿出演播厅,穿出电视大厦,一直跑到街对面一棵大树下边一个水泥墩子上坐下来,过了好一会儿,才使自己一点点平静下来。

这时再去想,反而更糊涂。我对蓝影更加不解,这个流光溢彩的娱乐名人居然喜欢读书?而且是读我的书。我这本书可是一本纯文学啊。在文化娱乐的时代，纯文学快要孤芳自赏了。只有深爱文学的人才会读纯文学。于是我对她产生了一种好感。这好感当然首先缘自她是我的读者。作家总是对自己的读者有一种特殊的亲近感，自己真正的读者不就是自己的知音吗？蓝影真会是痴迷于自己的精神上的知音？这使我不由得对这位非同一般的读者产生了进一步的关切。

等到我穿墙入壁再次进入电视大厦，进入演播厅，里边已经空无一人。只有舞台上的空气里还有一点蓝影留下的香水的气味儿。我转身穿墙入壁，里里外外找来找去，我将大小十个演播厅全都找过也没见到她。我茫然若失。她会去哪儿？我对她毕竟了解极少，她去哪儿都有可能，我唯一可以寻找的只有她家——她工作结束之后总会回家吧。

五

我不能乘坐电梯，因为我的手指无法触动开关键，我不能启动电梯，但爬楼梯却很容易，我身轻如燕，几乎是几步就蹿到了楼上。

她家的防盗门对我毫无用处,我轻而易举地穿过金属的门板,进了她的房间。我一入房间便觉得空屋里有一种特殊静谧的气味,似乎房里没人。空屋里的气氛总是异样的。我里里外外到处看看,果然没人。她没有回来。这使我有机会把她的房间细细观察一番。我虽然没有窥私欲,但我想了解她。

可是对于现在的我,想再进一步了解她,根本没有可能。因为我只能用眼睛去看摆在屋里表面的物件,无法用手去打开柜子、拉开抽屉、挪动和掀开任何东西,人间的一切无法奈何于我,我对人间的一切也全都奈何不得。我好奇她桌上一大摞做节目的文案。我很想知道刚才她提到我的小说——这到底是节目编辑组给她设定的内容,还是她自己真的看过我的书?这答案应该可以从节目的文案中找到。可是我无法掀动这些纸张。我想从桌上的笔筒里拿出一把小裁纸刀来掀这些稿纸,可是我怎么可能捏起裁纸刀来?我的手指好像是透明的、非物质的,我只是一团虚无的空气!

我在她房间好似飘来飘去那样走来走去。感觉不到鞋底在地板上摩擦,感觉不到自己的身体有重量。我现在最关心的不是自己,而是她。反正她不在,我便得以从容地细心察看这位名人个人的世界。看一看"名"后边的"人"。当然,我最想知道的，还是她是否真的关切过我那本小说。

她的房间和隔壁我的房间的房型完全一样，只是方向相反。我家下了电梯从左边进单元门，她家从右边进单元门。进门一个方形的衣帽间。她的装修比我讲究，整个衣帽间都用西班牙米黄大理石作为饰材。迎面摆着一个现代风格线条流畅的黑色条案，中间一个朱红釉色的陶罐，插了一束蓝铃草。这花的蓝色与她在舞台上那蓝裙子是一个颜色。蓝色是她的标志色吗？蓝铃花是假花，但最好的假花像真花，正像最好的真花像假花。花上边是一幅抒写秋天的风景画。这样的布置叫人一进门就会感到放松，就想到去享受一下生活。她挺有品味。衣帽间的一边是鞋柜和衣架。我发现衣架上挂着一件男人的外衣，她有丈夫？不不，她的房间分明是一个单身女人的住所。

她室内的格局也和我的一样。房间一大一小，一个设施齐全的卫生间，一间宽绰的兼可用餐的开放式的厨房，厨房外还有一个不算小的阳台。这房子是去年房价正低的时候开盘的。我凭着自己两三本畅销书相当可观的稿费，加上从银行拿到的贷款，买下我那套房子。我喜欢这公寓式房子房间的结构，大间很宽敞，朝向好，又安静。我需要安静。这房子朝南面对一个老公园，树非常茂密，早晨可以听到清亮的鸟叫。

我把大间作为书房兼客厅，小间当作卧室，小间的间量也不小，除去床和衣柜，我也放了一个书桌，有时夜里忽来了灵感，便起来写一阵子。

她这房间的使用与我不同，大间是卧室。虽然只她一人，却摆一张很大的双人床；屋里虽还整齐，但床上被子不叠，乱作一团。她是不是每天起床都不叠被，晚上倒下便睡？她还有一个更乱的地方是化妆台，台上各种瓶瓶罐罐、梳子、刷子、剪子、镊子以及不知名的稀奇古怪的器具，乱堆乱放，混乱不堪，好像一个修理工的工作台。

她房间里的家具多半都是新的，她喜欢现在流行的简约式样的造型，颜色多为蓝白黑灰，连沙发靠垫、桌布和窗帘也是深浅不同的蓝色。她为什么这么喜欢蓝色？包括她那件从不改变的舞台服——无比光鲜的蓝长裙。我忽然想这是不是与她的名字"蓝影"有关？肯定是！她太自恋了吧！还是受了符号化、标志性以及 Logo 等商业形象思维的影响——为了加强自己给公众的印象？或许她没有想得这么深，只是因为她是一个流行于娱乐圈里的人物，很自然地会受这种商业文化的影响罢了。

我没有在她的大房间里看到叫我特别关注的东西。我便去到她的小房间，那里好像一个储藏室，堆满杂物，大概她刚搬来不久，许多东西还没得时间整理。靠东墙一边堆着很多搬家用的规格一致的牛皮纸箱，有些箱子还贴着封条没有打开，箱子外边用马克笔标着号码或写着里边的东西。有"生活杂物""食物""资料""鞋""工具"等等，还有几箱是"书"。她看什么书？文学书？她喜欢看哪类文学书？我一回头，看到一摞纸箱上有一本书，像是随手撂在那儿的，封面非常熟悉，啊！竟然就是我的《没有翅膀的天使》——我这本当下正红得发紫的小说！我禁不住惊喜地发出声来，她真的看过我的书，而且是我的粉丝！我这么肯定，是因为我看出这本书已经被翻了许多遍，封皮都卷了。我还发现里边有两三处被折页。我仿佛不存在的手指无法打开书，不知她关注的是哪页。

她一定和我海量的粉丝一样，被我的女主人公曲明珠的命运打动了。我那个主人公是个淮北的农家女，怀着一团发光的梦走出世世代代的先人们搅拌着穷困的农耕生活，到深圳打工。在底层的煎熬中一点点挣扎出来。每一步都脱一层皮。她抛掉一个真纯却贫穷的男友，一次次出卖自己，付出的代价匪夷所思，最终如愿以偿地站在万贯家财之上，成为一个企业家中大名鼎鼎的女强人，但在世人的视野之外她却是一个心灵上荒凉寂寥的孤家寡人。我把一个费解的答案留给读者自己去思考。在金钱至上的市场时代，你最终选择有真爱的人生，还是做一个被庸人们膜拜、披金戴银的偶像？不是说二者不可兼得，二者兼得者凤毛麟角。如果不能兼得，你想做一个割掉翅膀的天使吗?

我在小说中说了一句话:没有爱的人生才是一个失败的人生。我的这个人物触动过许多人心灵的隐秘。

在我从小房间走回到大房间时,我发现蓝影床前地上有个纸条,我走过去蹲下来看,是一张写了字的纸条,但是有字的一面在下边。我伸手过去想翻过来看,自然是徒劳无益。忽然,右前边很近的地方有个东西吓我一跳。一看,原来是那只大黑猫。它一直静悄悄蹲在那里吗?它瞪着一对亮晶晶的黄眼睛虎视眈眈地面对着我。我仍然不明白,它到底是能看见我,还是只凭着某种动物的灵异?

忽然,我脑袋里蹦出一个很聪明的想法——能不能叫它帮忙把地上的纸条翻过来?

于是我朝它大叫,挥舞双手,做搏斗状。黑猫好像看到了我,又像没看到我,却朝着我发出呼哧呼哧愤怒的声音,然后挥爪扑打。但我们谁也碰不到谁,我们分明是在阴阳两界,我们只是隔空相搏。我按照自己的想法,一边和它"打斗",一边把它引到地上的这个纸条旁。它和纸条都是现实世界的。在它身体的翻滚中,尾巴一甩,真的把那纸条掀了过来,朝上的一面有一行字,我探着身子去看。不管黑猫怎么对我扑打,反正丝毫伤不到我。我看到纸上有一行小字：

"今天完事后渔人码头见！"

这"渔人码头"肯定是指西城门外那个海鲜店。"今天完事"四个字肯定是指节目录完之后。关键是这短短的十个字中有一种命令的口气。这人是谁？不像是上午开车接她来的那个"滑头"，滑头不是今晚要给她送礼物来吗？这人与滑头绝不是一个人。这另一个人是谁？

我想，我应该到渔人码头去看看。

我很快起身，真的像游魂一样飘然走到她的屋外。

六

我走出小区来到了街上便陷入困顿。渔人码头很远，快到海边了，我怎么去？我只知道那个休闲酒店的店名，没有去过。我既不能打出租车，也不知怎么乘坐公共汽车，又无法找人问路。我想了各种办法，最终是没有办法。我回到小区内，在树丛里一张长椅上坐下。

我坐下来，并不是因为累。自从清晨我穿墙而入蓝影房中，一天来，我还是没弄明白，自己到底是不是真的已经死了，成了幽灵。我几次想穿墙回到自己家中弄个明白，但是我不敢回去，我怕自己真的死了，怕回去看到躺在床上早已气绝身亡的自己。我知道灵魂只要一旦离开肉身再不会重新返回。到了那个时候肉体只是人间的垃圾等待处理，灵魂却四处漂泊，在茫茫宇宙中浮尘一般找不着归宿，就像我现在这样。我不知道我将面临什么。

我一直没有饥饿感，不需要吃东西喝水，不需要睡觉和休息。原来离开了现实和实在的生活，就没有任何目的了。没有人间的种种烦恼，也用不着去看佛经。可是——没有任何事情等着我做，又没有任何事情想去做、需要做、等着做，这是一种什么感觉？一切一切，包括"我"都变得没有意义。没有意义，没有价值，没有向往，没有目的，没有内含，没有限定，就一定不再是人间的生活了。这是超越生命的一种状态吗？这就是人所追求的一种纯粹的自由与永恒吗？自由一定是在不自由中才有魅力，永恒一定要在"人生苦短"中才令人神往。可是，这些都是人间的道理和生命的道理，一旦死了，也都没有意义。

正为此，我不想回家，不想证明自己真的死掉。我怕自己死掉。我多么希望现在发生的事只是一个噩梦，醒来后我将感到无比庆幸。我会说:"哦,可怕的东西全过去了,一切一切,原来只是一个恐怖的梦魇!"

可是,现在我又无法证明这是一个噩梦。我真切感受到的——我是一个无法与人间的一切发生任何关系的虚无的游魂。

可能由于我刚刚来到这"另一个世界",身上还残存着不少人间的记忆和人间的感觉,比如时间感。我知道这些记忆与感觉早晚会从我身上消失,可是我现在还有时间感,我感到我等蓝影等了太久。天已经黑了下来,还不见她回来,我便走出小区,到外边看看。刚走出小区,只见东边走来一男一女两个人。尽管那女子额前垂下的头发挡住半张脸,我还是一眼就看出是蓝影——她的体形太出众;另外那个男人,我也马上认出来是在电视台见过的那个圆头圆脑、戴眼镜的胖子。我本能地向后缩身躲避,当然我根本无须躲避。叫我奇怪的是,他们到了玫瑰园小区门口,并没有走进去。尤其是蓝影,好像这小区与她无关。为什么?她故意装的?她不想叫戴眼镜的胖子知道她住在这里吗?显然,胖子不清楚她具体住在哪个小区。

他俩继续往前走,待他们至少走出去长长的三个路口,来到另一个名为"天上人间"的小区前,蓝影站住,对这个胖男人说:

"好了,我到了,你回去吧。"

胖男人说:"噢,你搬到这么高档的地方。我送你进去。"他说话的口气好像下命令。

蓝影一笑,对他说:

"主任,你不怕人看到你?我刚才告诉你了,一会儿有朋友来串门。再说,我妹妹住在我家,我妹妹可在台里见过你。"

这胖男人原来是她的一位上司。他问蓝影:

"什么人这么晚还来串门?"

蓝影冷笑一声说:

"当然是我的朋友。我的朋友都是女的,你的朋友也都是女的,而且愈来愈年轻化。"

"少胡说。"胖男人说,"这不能怪我。都是她们往前凑,我都不爱搭理她们。"

"你以为你是俊男啊,谁会凑你?"蓝影依然冷笑着说。

胖男人被伤了自尊心,反唇相讥:"你!你忘了自己是怎么上来的吗?当初你那些心思——嘿,台里的人心里都有数。你给我惹的麻烦还少?"

"滚!"蓝影被惹火了,突然吼一声,扭身进了小区,看样子真像回家去了。

我是作家,从他们这简短的几句对话,无须猜想,已经很清楚他们之间是怎么回事。

这么一来，胖男人自然不会再跟她进去，招呼一辆出租车，坐上车走了。等到我扭头再看，蓝影早已走进小区，不知去到哪里，正想该不该进去找她，忽听一阵皮鞋的脚步声从里边清晰地传来，一看正是蓝影。她走出小区看看左右没人——那个胖主任已经离去——便招呼了一辆出租车。她钻进车里，我赶紧过去穿车而入，坐进车里，很快随她一同回到了玫瑰园。

蓝影真有办法，她就这样甩掉了她的上司。

她开门进屋，那只跛脚的黑猫迎了上来。她和它打个招呼，把外衣和手包往椅子上一扔，转身一扑趴在床上。一只鞋掉在地上，另一只鞋还在脚上，她已经一动不动好像睡着了。显然她已经精疲力竭，散了架，看样子更像一盆水泼在床上。那只黑猫跟过去跳上床，不再打扰她，而是依顺地倚在她身旁，静静地蜷曲地卧着。似乎每天她回到家来都是这样。但现在这黑猫始终保持清醒，主人闭眼睡着，它睁眼相守，那对黄眼睛一直警惕地朝着我的方向。在它匪夷所思的灵异中，肯定有我的存在。

我倒退几步，坐在床前的沙发上。这细羊皮沙发看上去很讲究，不过我感受不到沙发的舒适，我的身子好像陷在沙发中间。我在这里静静地等候，因为知道那位给蓝影购房的"滑头"

还要来送礼物呢。

等到房间完全黑下来，忽然有人按铃敲门。蓝影被敲醒了，应声回答。她起来，穿鞋，开灯，抓起床头柜上的一杯水喝了，然后一边用手整理头发和衣服，一边走到门前把门打开。进来的果然是滑头。滑头有备而来，衣装休闲却又考究，头发喷了胶，皮鞋擦了油，上下全是又黑又亮。他满脸微笑，目光烁烁，显得兴致勃勃。应该承认，滑头的外表相当清俊潇洒，真有点像电影明星。

蓝影带着一点睡意地说："人家正睡得香呢，你硬把我闹起来。"只是不知她这睡意是不是装出来的一种诱惑。

滑头说："咱是说好晚上见的。我可是来送礼的，官儿还不打送礼的呢。你要是不要我马上就走。"他说着，一边举起一个很漂亮的小纸袋在她眼前晃。

蓝影一看，改了口气。"什么破东西，又来蒙我不懂。"蓝影说。

说话间，滑头已经从纸袋内掏出一个包装高雅、深红色、系着金色细缎带的小盒递到蓝影手中。他叫她自己打开。

蓝影一边打包装一边说："潘多拉的盒子吧——"可是当她打开包装纸，掀开一个真皮上烫着金字的小首饰盒的盖子一瞅，不禁"哦"了一声。

"你拿出来瞧瞧。"滑头说,"世界上最不会骗人的就是我。"

蓝影两只手从盒子里各捏着一串东西提了出来。这东西小巧玲珑、晶莹璀璨,是一双相当华美的水晶耳坠!

滑头说:"你戴上去看看。"又说:"这可是最新款的奥地利水晶。施华洛世奇!钻石都没法比!"

蓝影不再讥讽他了,乖乖地到化妆台前去试戴这水晶耳坠。这期间,那只黑猫一直围着滑头转,显出他们很熟识。滑头对黑猫笑嘻嘻地说:"别急,也有你的,只要你不打扰我们就行。"说着他从随身公事包里抻出一袋猫食,走到屋角,撕开袋子,把一袋子猫食全倒碟子里,边对黑猫说:"这是加拿大进口的猫粮,你说我待你好不好?"

不知他这话是对黑猫还是对蓝影说的。

蓝影在化妆台那边接过话说:"你当然得对它好了。当年它在街上差点叫车轧死,是我把它抱回来的。我俩相依为命,它就是我妹妹。"

蓝影这话却叫我得知这只瘸猫的来历。我对蓝影的认知也就更加深了一层。

这时,蓝影从化妆台前站起身来,这对耳坠确实太华丽了,两束水晶,都是由几百颗细小的水晶组成,而颗颗水晶全都切面精繁,随着蓝影一走,头儿得意地一摇,肩儿一晃,腰儿一摆,耳下的水晶闪耀出晶亮迷人、细密又夺目的光彩来。这一来,使蓝影的脸更加娇艳,整个人更加高贵。滑头很有眼光。

蓝影笑吟吟走到滑头面前,面对面。滑头问她:"怎么感谢我?搀我走吗?"

她扬起花一样动人和芬芳的小嘴要吻他。滑头伸手推住她迎上来的身体,说:

"不不,我还是要你着盛装。"

什么叫盛装?我不明白。

此时蓝影似乎很依从他。只见她转身从衣柜里拿出一件蓝色的长裙和一条浅蓝色的长纱,去到卫生间里,关上门。这蓝裙不是和她在电视节目中那套标志性的演出服完全一样吗,为什么家里也有一套?难道在家里也需要演出吗?不一会儿,卫生间的门打开,她走了出来。一瞬间我觉得她一如在电视台演播厅登台时那样光彩照人,尤其戴上了这对水晶耳坠,更加华美夺目!令人惊奇的是,此时她的神气、姿态,一举手一投足,乃至整个气氛,都与她在演播厅台上的"范儿"完全一样。不同的是,现在只有一个观众,就是滑头。

滑头起劲地拍起巴掌。在他的兴奋中似乎还有一种叫人莫名其妙的满足感。下边出现的一幕叫我惊讶不解了。他的眼盯着她,目光里冒出一种极度的迷醉与贪婪,他走过去,居然动手将她的长裙一点点脱掉,他的动作很慢,似乎在玩味着自己的行为,蓝影则一动不动任由他的放纵。随后,他忽然把她拥到床上。那动作像是一头豹子扑向一只羚羊。我不想再去说我看到了什么。

我不明白这是怎么回事,这只是一种偷情和婚外恋吗?这是一种两情相许、另类的情爱吗?不不,我看不是。他为什么非要她穿上一位明星标志性的服装再去占有她?难道这样才显示只有他能够拥有众人眼羡、高不可攀的偶像,才是一个男人在财富上获取成功的体现?其实,这些已经不该是我想的了,我与实际的人间生活无关,自然也与现实的问题无关。

于是,我既无悲哀,也无愤懑,一切一切,与我无关,我现在是极度的自由。我想起雨果在巴尔扎克墓前的那句话:"死亡是伟大的自由。"

滑头干完事,带着满足走了。钟表上的时针不到十二时。整个后半夜,她似乎都在一片不安与缭乱中。本来她该好好睡一大觉,但是她好像翻来覆去一直不能入睡。特别是她接过一个手机电话后就更加烦躁。我听不到电话,不知道内容。黑猫确是她的妹妹,偎在她身边,用又厚又软的舌头舔她的手臂与肩膀,这是猫安慰对方的方式。她两次起来吃药。吃的是镇静剂吗？但她吃的药非但不能安慰她，反而使她变得更加焦躁。她跳下床，赤着脚跑到小房间，居然把我那本小说拿出来，本来我以为她想用我的小说做伴，我的小说能给她以安慰吗？谁料她忽然将我的小说从中扯开，一通发狠地撕扯，撕碎的书页遍地都是。难道我的书惹起她的烦恼？哪些内容叫她如此愤恨？

大约四点多钟，也就是夜最深的时候，她走到窗前，打开窗户，夜风吹起她的头发，她需要清醒？不，她登上窗子。她要跳楼吗？没有，她只是面朝外坐在窗台上，两只赤脚却垂在窗外。这样做可十分的危险。她的情绪不稳定，一阵阵流泪。我不了解她，只能猜测她。毕竟她一天里给我太多的意想不到，尽管我对她的了解还都是一些支离破碎，有些细节、人物、人名、行为还都是谜，但我已深切感受到她的社会光鲜的背后竟有那么多穷山恶水。她忽然自言自语的一句话令我吃惊："小山，咱们那边见吧。"这小山又是谁？这很像我小说中被女主人公曲明珠抛弃的那个曾经的青梅竹马。一个因自己负心而殉情的昔日情侣？不会吧。此刻我担心的，还是她一时难以摆脱内心的困顿而跳下楼去。我没有办法拦住她。现在只有靠那只黑猫了。但黑猫也上了窗台，并死死地卧在她的怀里。难道这灵异的黑猫已有了某种不祥之感？

可是最终谁也拦不住她，她忽然抱着黑猫一起跳了下去！她为什么抱着黑猫一同坠楼？她一定知道，一只跛脚的丑猫是很难在人间生存下去的。

我扑上去，一把去抓她，我以为自己抓住了她的胳膊，实际上什么也没有抓到。一把抓空，眼见着她坠入黑洞洞深渊一般的楼下。

我吓得失魂落魄，不知往哪儿跑才是，慌乱中也不知穿越了哪些地方。突然，我觉得自己在一个热烘烘、十分柔软的洞里。我用手摸摸周围，的确很柔软。我不是成了一个游魂，已经没有任何物质性的触觉了吗，怎么会感觉到一种柔软的物体？这时我听到一阵铃声就在耳边。我努力用两臂支撑，猛一使劲，竟然从一个裹缠着我的被窝里挣脱出来。我原来在我的家，在我床上，在我屋里。铃响是我的手机的来电呼叫。

我忙接听手机，一个人在话筒里叫着说："一天给你打七个电话，你怎么不接？"话筒里的声音又大又急。

谁的声音，怎么这么熟悉？在一团混混沌沌中间忽然明白过来。噢，是出版社我的小说编辑黄森。这个人怎么有恍如隔世的感觉？

"什么事？"我说。

"提醒你别忘了星期天下午三时的读者见面会。报名的人都爆棚了。多带支笔啊，肯定要一通签名。"黄森说。

"知道了……"我回答。

他说的话都像是隔世的事，我自己也像隔世的人。

我费了很大劲才弄清，我没有死，我捏一捏自己身体各个部位，感觉正常，居然不再有那种神奇的虚无和"不存在感"；我跑到外屋对面墙壁前，大着胆子试试能否再次穿墙进入蓝影的房间，但每一次都是手指戳在坚硬的墙壁上。再使劲一戳，居然很疼。但此后几小时里，我由于曾经身为游魂，习惯使然，总在屋里撞东撞西，我的脑袋还在门框上撞了一个大包，被桌腿绊个跟头，还把一个暖瓶踢翻，摔得粉粉碎。于是，我不停地在屋里做各种事情，不停拿东西放东西、穿袜子脱袜子、用电脑写东西、发微信、打电话，才使自己慢慢恢复了一个活人在现实世界全部真实的知觉。那么此前我的经历只是一种幻觉、一种梦游、一种因用脑过度而走火入魔，还是真的死了一阵子又神奇地还阳了？如是这般，蓝影一定已经死了。因为她纵入一片漆黑又可怕的楼下那一幕，我历历在目。

傍晚，我出门想买点吃的。刚下楼，在小区的走道上，我忽见迎面一个人匆匆走来，竟然是美丽的蓝影！她没有死，还是一个和我曾经一样死后的游魂？我脑袋里有点混乱。她分明活着，她身上香味四溢。她和我擦身而过时瞥了我一眼。只看一眼，没搭理我。昨天的一天里，我对她已经很熟了，她对我却依然陌生，她不是看过我的小说吗？我也是在媒体上常常出现的名人，她若真看过我的小说，应向我点个头，看样子她根本不知道我。那么，昨天种种的事就纯属一种虚幻。

可是，更不可思议的事是当天晚上我在家看电视，电视里正好有她的节目。她依然穿着那条光鲜而修长的蓝裙子，一张美如天仙的面孔，好似发光一样明亮的声音。忽然我"呀"的一声叫起来，把手里的一杯咖啡扔了。因为我发现到她耳朵下闪闪烁烁、五光十色，垂着那对滑头赠送给她的奥地利水晶耳坠，谁能向我解释这是怎么回事？

庚子大年初三初稿

辛丑灯节定稿

木 佛

木　佛

先别问我叫什么，你慢慢就会知道。

也别问我身高多高，体重多少，结没结婚，会不会外语，有什么慢性病，爱吃什么，有没有房子，开什么牌子的车，干什么工作，一月拿多少钱，存款几位数……这你渐渐也会全知道。如果你问早了，到时候你会觉得自己的问题很可笑，没知识，屁也不懂。

现在，我只能告诉你，我看得见你，听得见你们说什么。什么？我是监视器？别胡猜了。我还能闻出各种气味呢，监视器能闻味儿吗？但是，我不会说话，我也不能动，没有任何主动权。我有点像植物人。

你一定奇怪，我既然不能说话，怎么对你说呢？

我用文字告诉你。

你明白了——现在我对你讲的不是语言，全是文字。

你一定觉得这有点荒诞，是荒诞。岂止荒诞，应该说极其荒诞。可是你渐渐就会相信，这些荒诞的事全是真事儿。

一

我在一个床铺下边待了很久很久。多久？什么叫多久？我不懂。你问我天天吃什么？我从来不吃东西。

我一直感受着一种很浓烈的霉味。我已经很习惯这种气味了，我好像靠着这种气味活着。我还习惯阴暗，习惯了那种黏糊糊的潮湿。唯一使我觉得不舒服的是我身体里有一种肉乎乎的小虫子，在我体内使劲乱钻。虽说这小虫子很小很软，但它们的牙齿很厉害，而且一刻不停地啃啮着我的身体，弄得我周身奇痒难忍。有的小虫已经钻得很深，甚至快钻到我脑袋顶里了。如果它们咬坏了我的大脑怎么办？我不就不能思考了吗？还有一条小虫从我左耳朵后边钻了进去，一直钻向我的右耳朵。我不知道它们到底想干什么，我很怕叫它们咬得千疮百孔。可是我没办法。我不会说话、讨饶、呼救，我也不知向谁呼救，不知有谁会救我。谁会救我？

终于有一天，我改天换地的日子到了！我听见一阵很大的拉动箱子和搬动东西的声音。跟着一片刺目的光照得我头昏目

木　佛

眩。一根杆子伸过来捅我，一个男人的声音："没错，肯定就在这床底下，我记得没错。"然后这声音变得挺兴奋，他叫道："我找到它了！"这杆子捅到我身上，一下子把我捅得翻了一个个儿。我还没弄清怎么回事，也没看清外边逆光中那个黑乎乎的人脑袋长得什么样儿，我已经被这杆子拨得翻过来掉过去，在地上打着滚儿，然后一直从床铺下边犄角旮旯滚出来，跟着被一只软乎乎的大手抓在手里，拿起来啪一声撂在高高一张桌上。这人朝着我说：

"好家伙，你居然还好好的，你知道你在床底下多少年了吗？打'扫四旧'那年一直到今天！"

打"扫四旧"到今天是多少年？什么叫"扫四旧"？我不懂。

旁边还有个女人，惊中带喜地叫了一声："哎呀，比咱儿子还大呢！"

我并不笨。从这两句话我马上判断出来，我是属于他俩的，这两人肯定是夫妇俩。男人黄脸，胖子，肥厚的下巴上脏呵呵滋出来好多胡楂子；女人白脸，瘦巴，头发又稀又少，左眼下边有颗黑痣。这屋子不大，东西也不多。我从他俩这几句话听得出，我在他床底下已经很久很久。究竟多久我不清楚，也不关心，关键是我是谁？为什么一直把我塞在床底下，现在为什么又把我想起来，弄出来？这两个主人要拿我干什么？我脑袋里

145

一堆问号。

我看到白脸女人拿一块湿抹布过来，显然她想给我擦擦干净。我满身灰尘污垢，肯定很难看。谁料黄脸胖子伸手一把将抹布抢过去，训斥她说：

"忘了人家告诉你的？这种老东西不能动手，原来嘛样就嘛样，你嘛也不懂，一动不就毁了？"

白脸女人说：

"我就不信这么脏头脏脸才好。你看这东西的下边全都糟了。"

"那也不能动，这东西在床底这么多年，又阴又潮，还能不糟？好东西不怕糟。你甭管，我先把它放到柜顶上去晾着，过过风。十天半个月就干了。"

他说完，把我举到一个橱柜顶上，将我躺下来平放着，再用两个装东西的纸盒子把我挡在里边。随即我便有了一连许多天的安宁。我天性习惯于安宁，喜欢总待在一个地方，我害怕人来动我，因为我没有任何防卫能力。

在柜顶上这些日子我挺享受。虽然我看不见两个主人的生活，却听得见他们说话，由他们说话知道，他们岁数都大了，没工作，吃政府给贫困户有限的一点点救济。不知道他们的孩子为什么不管他们，反正没听他们说，也没人来他们家串门。

我只能闻到他们炖菜、烧煤和那个黄脸男人一天到晚不停地抽烟的气味。我凭这些气味能够知道他们一天只吃两顿饭。每顿饭菜都是一个气味，好像他们只吃一种东西。可是即便再香的饭菜对我也没有诱惑——因为我没有胃，没有食欲。

此刻，我最美好的感觉还是在柜顶上待着。这儿不阴不潮，时时有小风吹着，很是惬意。我感觉下半身那种湿重的感觉一点点减轻，原先体内那些小虫子好像也都停止了钻动，长久以来无法抗拒的奇痒挠心的感觉竟然消失了！难道小虫子们全跑走了？一缕缕极其细小的风，从那些小虫洞清清爽爽地吹进我的身体。我从未有过如此美妙得近乎神奇的感觉。我能从此这么舒服地活下去吗？

一天，刚刚点灯的时候，有敲门声。只听我的那个男主人的声音：

"谁？"

门外回答一声。开门的声音过后，进来一人，只听我的主人称这个来客为"大来子"。过后，就听到我的男主人说：

"看吧，这几样东西怎么样？"

我在柜顶上，身子前边又有纸盒子挡着，完全看不到屋里的情景。只能听到他们说话。大来子说话的腔调似乎很油滑，他说：

"你就用这些破烂叫我白跑一趟？"

我的女主人说：

"你可甭这么说，我们当家的拿你的事可当回事了。为这几样宝贝他跑了多少地方搜罗，使了多少劲、花了多少钱！"

"我没说你当家的没使劲，是他不懂，敛回来的全是不值钱的破烂！破烂当宝贝，再跑也是白跑！"

女主人不高兴了，她戗了一句："你有本事，干吗自己不下去搜罗啊？"

大来子说："我要下去，你们就没饭吃了。"说完嘿嘿笑。

男主人说：

"甭说这些废话，我给你再看一件宝贝。"

说完，就跑到我这边来，蹬着凳子，扒开纸盒，那只软乎乎的大手摸到我，又一把将我抓在手里。我只觉眼前头昏目眩地一晃，跟着被啪的一声立在桌上——一堆瓶瓶罐罐老东西中间。我最高，比眼前这堆瓶子罐子高出一头，这就得以看到围着我的三个人。除去我的一男一女两主人，再一位年轻得多，圆脑袋，平头，疙疙瘩瘩一张脸，贼乎乎一双眼，肯定就是"大来子"了。我以为大来子会对我露出惊讶表情，谁料他只是不在意地扫我一眼，用一种蔑视的口气说："一个破木头人儿啊！"

木 佛

便不再看我。

由此,我知道自己的名字——木头人。

随后我那黄脸的男主人便与大来子为买卖桌上这堆老东西讨价还价。在男主人肉乎乎的嘴里每一件东西全是稀世奇珍,在大来子刁钻的口舌之间样样却都是三等货色甚至是赝品。他们只对这些瓶瓶罐罐争来争去,唯独对我提也不提。最后还是黄脸男主人指着我说:

"这一桌子东西都是从外边弄来的,唯独这件是我祖上传下来的家藏,至少传了四五代,打我爹记事时就有。"

"你家祖上是什么人家?你家要是'一门三进士',供的一准都是金像玉佛。这是什么材料?松木桩子!家藏?没被老鼠啃烂了就算不错。拿它生炉子去吧。"

我听了吓了一跳。我身价原来这么低贱!说不定明天一早他们生炉子时就把我劈了、烧了。瞧瞧大来子的样子,说这些话时对我都不再瞅一眼,怎么办?没办法。我是不会动的。逢此劫难,无法逃脱。

最后,他们成交,大来子从衣兜里掏出厚厚一沓钱,数了七八张给了我的男主人。一边把桌上的东西一件件往一个红蓝条的编织袋里装,袋里有许多防压防硌的稻草。看他那神气不像往袋子里装古物,像是收破烂。最后桌上只剩下我一个。

女主人冲着大来子说:"您给这点钱,只够本钱,连辛苦费都没有。当家的——"她扭过脸对男主人说:"这种白受累的事以后真不能再干了。"

大来子眨眨眼,笑了,说:"大嫂愈来愈会争价钱了。这次咱不争了,再争就没交情了。"说着又掏两张钱,放在女主人手里,说:"这辛苦费可不能算少吧。"说着顺手把孤零零立在桌上的我抄在手里,边说:"这破木头人儿,饶给我了。"

男主人说:"这可不行,这是我家传了几代的家藏。"伸手要夺回去。

大来子笑道:"屁家藏!我不拿走,明天一早就点炉子了。怎么,你也想和大嫂一样再要一张票子?好,再给你一张。大嫂不是不叫你收这些破瓶烂罐了吗?打今儿起我也不再来了。我没钱干这种赔钱买卖!"说完把我塞进编织袋。

我的黄脸主人也没再和大来子争。就这样,我易了主,成了大来子的囊中之物。

我在大来子手中的袋子里,一路上摇来晃去,看来大来子挺高兴,嘴里哼着曲儿,一阵子把袋子悠得很高很带劲,叫我害怕他一失手把我们这袋子扔了出去。但我心里更多的是庆幸!多亏这个大来子今天最后不经意地把我捎上,使我获救,死里

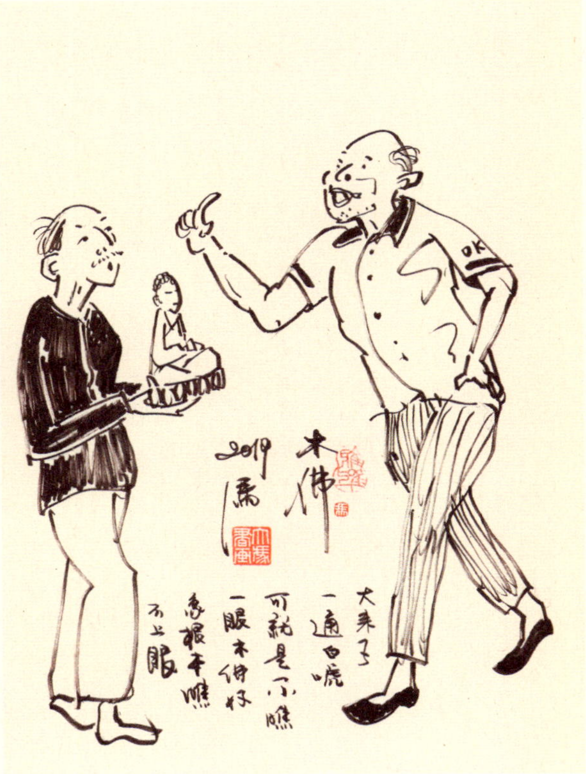
OK
木佛
2019
儒
大来了
一通白唬
可就是不瞧
一眼木佛好
急根本瞧
不上眼

逃生，没被那黄脸男人和白脸女人当作糟木头，塞进炉膛烧成灰儿。

可是，既然我在大来子眼里这么差劲，他为什么要捎上我，还多花了一张票子？

二

完全没想到，我奇妙非凡的经历就这么开始了。

这天，我在袋子里，两眼一抹黑，好像被大来子提到了一个什么地方。我只能听到他说话。他到了一个地方，对另一个什么人说了一句兴高采烈的话：

"今天我抱回来一个大金娃娃了。"

我不懂这话是什么意思。

另一个人的声调很细，说："叫我看看。"

"别急呵，我一样样拿给你开开眼。"大来子说着，把他那粗拉拉、热乎乎的大手伸进袋子，几次摸到我，却都没有拿起我来，而是把我扒拉开，将我身边那些滑溜溜的瓶瓶罐罐一样样抻出口袋。每拿出一样，那个细声调的人都说一句："这还是大路货吧！"

大来子没说话。

最后袋子里只剩下我，他忽抓住我的脖子，一下子把我提出袋子，往桌子上一放，只听那个细声调的人说："哎呀，这东西大开门，尺寸也不小，够年份啊！我说得对吧？"

这时，我看到灯光里是两个人，四只眼都不大，却都瞪得圆圆的，目不转睛、闪闪发光地盯着我瞧。一个就是这个圆脑袋、疙瘩脸、叫"大来子"的人。再一个猴头猴脸，脖子很细，一副穷相，就是细声调的人。大来子叫他"小来子"。不知他们是不是哥儿俩，看上去可不像是一个娘生的。

小来子问大来子："您瞧这木佛什么年份？"

这时我又进一步知道自己还不是叫"木头人"，而是一个更好听的名字，叫作——木佛。我对这个称呼似乎有点熟悉，模模糊糊好像知道自己有过这个称呼，只是记不起这是什么时候的事啦。

大来子说："你先说说这木佛是什么年份。"

小来子："您考我？乾隆？"

大来子："你鼻子两边是什么眼，肚脐眼儿？没长眼珠子？乾隆的佛嘛样，能有这个成色？连东西的年份都看不出来，还干这个！"

木 佛

小来子一脸谄媚的神气，细声说："这不跟您学徒吗？您告诉给我，我不就懂了！"

大来子脸上忽然露出一丝坏笑，他说："先甭说这木佛。我给你说一个故事——"

小来子讨好地说："您说，我爱听。"

下边就是大来子说的故事：

从前有个老头和老婆，老两口有个儿子，娶了媳妇。儿子长年在外地干活。老头老婆和儿媳守在家。家里穷，只一间屋。老头、老婆、儿媳各睡一张小床上。老头子不是好东西，一家人在一个屋里睡久了，对儿媳起了邪念，但老婆子整天在家，他得不到机会下手。

一天儿媳着凉发烧。儿媳的床靠窗，老婆子怕儿媳受风，就和儿媳换了床，老婆子睡在儿媳床上。这天老头子早早地睡了，换床这些事全不知道。

半夜老头子起来出去解手回屋，忽起坏心，扑到儿媳床上，黑乎乎中，一通胡闹，他哪知道床上躺着的是自己的老婆子。老头子闹得兴高采烈时，把嘴对在"儿媳"的耳朵上轻声说："还是年轻的好，比你婆婆强多了。"

忽然，在他身下发出一个苍哑并带着怒气的声音："老王八

155

蛋,你连老的新的都分不出来,还干这个?"

老头子一听是老婆子,吓傻了。

大来子讲完这故事,自己哈哈大笑起来。

我听着也好笑,只不过自己无法笑出来,心笑而已。

小来子却好像忽然听明白了这故事。他对大来子说:"您哪里是讲故事,是骂我啊!"

大来子笑着,没再说别的,双手把我捧起来放进屋子迎面的玻璃柜里,然后招呼小来子锁好所有柜门和抽屉,关上灯,一同走出去再锁好门,走了。剩下我自己待在柜里,刚好把四下看个明白。原来这是个小小的古董店铺。这店铺好似坐落在一座很大的商场里。我透过玻璃门窗仔细看,原来外边一层楼全是古董店铺,一家家紧挨着。我是佛,目光如炬,不分昼夜,全能看得清楚。我还看到自己所在的这个小店铺里,上上下下摆满各种稀奇古怪的东西。我的年岁应该很大,见识应该很多,只是曾经被扔在我原先那主人黄脸汉子的床下太久了,许多事一时想不起来。这古董店里好几件东西都似曾相识,却叫不出名字。我看到下边条案上一个玻璃罩里有个浅赭色的坛子,上边画了一些缭乱的图样。看上去很眼熟,却怎么也想不起来它是干什么用的了。

木 佛

过了一夜,天亮不久,大来子与小来子就来开锁开门。小来子提着热水瓶去给大来子打水,然后回来沏茶、斟茶,大来子什么也不干,只坐在那里一个劲儿打哈欠,抽烟。大来子抽的烟味很呛鼻子。

我发现这店铺确实不大。屋子中间横着一个摆放各种小物件的玻璃柜台。柜台里边半间屋子归大来子自己用,放一张八仙桌,上边摆满花瓶、座钟、铜人、怪石、盆景、笔墨以及烟缸茶具,这里边也是熟人来闲坐聊天的地方。柜台外边半间屋子留给客人来逛店。地上堆着一些石头或铁铸的重器。

我从大小来子两人说话中知道,这地方是天津卫有名的华萃楼古玩城。

过不久,就有人进来东看西看。大小来子很有经验,一望而知哪种人是买东西的,哪种人是无事闲逛。应该跟哪种人搭讪,对哪种人不理。我在这店里待了差不多一个月吧,前后仅有三个人对我发生兴趣。一个矮矮的白脸瘦子问我的价钱。小来子说:"七千。"对方摇摇脑袋就走了。从此再没人来,我由此知道了自己的身价——七千元,相当高了。这店里一天最多也卖不出二三百元的东西,有的时候还不开张。看来我可能还真有点身份呢。在市场里,身价不就是身份吗?

此后一个月，没人再对我问津。可是，一天忽然一个模样富态的白白的胖子进了店，衣着干干净净挺像样。古玩行里的人一看衣着就一清二楚。邋邋遢遢的是贩子，有模有样的是老板，随随便便的反而是大老板。这胖子一进门就朝大来子说："你这儿还真够清静呵。"看意思，他们是熟人，可是这胖子一开口就带着一点贬义，分明是说大来子的买卖不带劲儿。

　　大来子明白，褒贬向来是买主。他笑着说："哎哟，高先生少见啊，今儿早上打北京过来的？"

　　高先生说："是啊，高铁真快，半个钟头，比我们从东城到西城坐出租还快。一次我从东四到西直门，赶上堵车，磨磨蹭蹭耗了一个半钟头。"然后接着打趣地说："今儿我算你头一个客人吧？"

　　"我可怕人多。人多是旅游团，全是来看热闹的，我这儿没热闹可看。这不是您告诉我的话嘛——三年不开张，开张吃三年。东西好，不怕放着。"大来子说，"您里边坐。"

　　高先生一边往里走，两只小圆眼却像一对探照灯上上下下打量着店里的东西。

　　大来子说："听说最近你们潘家园的东西不大好卖。"

　　高先生说："买古玩的钱全跑到房市那边去了。肯花大价钱买东西的人少了。你们天津这边价钱也'打滑梯'了吧？"他说着忽然眼睛落在我身上。上前走了半步,仔细又快速地"盯"了我三眼,这当儿我感觉这胖子的一双眼往我的身体里边钻,好像原先我身体里那些肉虫子那股劲。他随口问大来子:"你柜里这个破木佛价钱不高吧?"

大来子正要开口,嘴快的小来子已经把价钱说出来:"七千。不算高。"

大来子突然对小来子发火:"放你妈屁,谁定的价,你敢胡说!东西摆在这儿我说过价吗?七千?那都是人家的出价,这样大开门的东西七千我能卖吗?卖了你差不多!"

小来子机灵。他明白自己多了嘴,马上换一个神气,用拳头敲着自己的脑袋说:"哎呀呀,瞧我这破记性!这七千块确实是前几天那个东北人给的价,您不肯卖,还说那人把您当作傻子。是我把事情记岔了,把人家的买价记成咱的卖价了。"说完,还在敲自己的脑袋。

高先生当然明白这是瞎话。这世界上瞎话最多的就是古董行。

高先生笑眯眯看着大小来子演完这场戏,便说:"我也只是顺口问问,并没说要买啊!说多说少都无妨。"说着便坐下来,掏出烟,先把一根上好的金纸过滤嘴的"黄鹤楼"递给大来子。大来子馋烟,拿过去插在上下嘴唇中间点着就抽。我一闻这香气沁人的烟味儿,就明白高先生实力非凡。大来子叫小来子给高先生斟茶倒水。

我呢,一动不动地坐在柜里,居高临下,开始观看高先生与大来子怎么斗智斗法。我心里明白,对于我,他俩一个想买,一个想卖,却谁也不先开口,谁先开口谁就被动。于是两人扯起闲天,对我都只字不提,两人绕来绕去绕了半天,还是人家北京来的高先生沉得住气,大来子扛不住了,把我提了出来。不过他也不是等闲之辈,先不说我的价高价低,而是手一指我,对高先生说:"今儿您也别白来一趟。您眼高,帮我掌掌眼,说说它的年份。"

谁料高先生更老练,竟然装傻,说道:"你这柜里东西这么杂,叫我看哪件?铜器我看不好,瓷器陶器佛造像还凑合。"

大来子笑道:"您看什么拿手我还不知道?铜佛不会找您,就说您刚才瞧上的这木佛吧,您看是嘛时候的?"

"你心里有数还来问我。你整天在下边收东西,见多识广,眼力比我强。"高先生不紧不慢地说。

"您不说是先拿我练?我说出来您可别见笑。依我看——跟我条案上这罐子一个时候的。"大来子停了一下说,"而且只早不晚。"

大来子说的罐子,就是条案上玻璃罩里的那个浅赭色的大陶罐，也正是自己看着眼熟却怎么也想不起来干什么用的那件东西。

"你知道这酒坛子什么年份吗？"高先生问大来子。

大来子一笑，说："您又考我了。大开门，磁州窑的文字罐，自然是宋！"

高先生举起又白又胖的右手使劲地摇，连说："这罐子虽然品相不好，年份却够得上宋。这木佛可就差得远了。"

大来子说："总不能是民国吧。我这件东西，古玩城里不少人可都看过。年份要是不老，那天那个东北人也不会上来就出七千。当然他心里知道这东西什么分量，那家伙是想拿这个价投石问路，探探我的底。"大来子这几句话说得挺巧，把刚刚小来子编的瞎话也圆上了。

我在柜里，把他们一来一去一招一式全看在眼里。商人们的本事，一靠脑筋，二靠嘴巴，看谁机灵看谁鬼看谁会说。我从他们斗法之中真看出不少人间的学问。

高先生听了，随即笑道："打岔了。我什么时候说是民国的东西？虽然够不上大宋，明明白白是一件大明的东西，只是下边须弥座有点糟了，品相差了些。"

大来子站起身从柜里把我拿出来，说："您伸出手来。"

高先生说："你拿着我看就行了。"

大来子执意叫高先生伸出手,然后把我往高先生手上一放,说:"我叫您掂一掂它的分量。"

高先生立即露出惊讶表情。大来子龇着牙说:"跟纸人一样轻吧?没有上千年,这么大一块木头能这么轻?这还是受了潮的呢!再晾上半年,干透了,一阵风能刮起来。"大来子咧着嘴,笑得很得意。

高先生说:"这是山西货。山西人好用松木雕像,松木木质虽然不如榆木,但不变形。可是松木本身就轻,山西天气又干,这么轻不新鲜。再说看老东西的年份不能只凭分量,还得看样式、开脸、刀口。我看这一准是大明的做法。"

大来子说:"甭跟我扯这些,您看它值多少?"这话一出口,不遮不掩就是要卖了。

高先生本来就想买,马上接过话说:"你要叫我出价,我和你说的那东北人一样,也是七千。"

"七千可不沾边。"

"多少钱卖?卖东西总得有价。"

"多少钱也不卖。"大来子的回答叫小来子也一怔。不知大来子要什么招数,为嘛不卖。

"那就不谈了?"高先生亦说亦问。

"别人不卖,您是老主顾,您如果非要我也不能驳面子。"

大来子把话往回又拉了拉。

"别扯别的，说要价。"高先生逼大来子一句。

"三个数，不还价。"大来子伸出右手中间的三个手指，一直伸到高先生面前，口气很坚决。古董行里，三个数就是三万。

高先生脸上的假笑立即收了回去，但还是打着趣说："你就等着'开张吃三年'吧。"说完他一边站起身一边说："不是什么东西都能'开张吃三年'的。古董有价也没价。顶尖的好东西，没价；一般东西还是有价的。"然后说："不行了，我得走了。今晚北京那边还有饭局，一个老卖主有几件正经皇家的东西托我出手，饭局早定好了。我得赶回去了。"说完告辞而去。

高先生是买家，忽然起身要走，是想给大来子压力。可是大来子并不拦他。

我在柜里看得有点奇怪，大来子不是想把我出手卖给他吗，干什么不再讨价还价就放他走了？

大来子客客气气把高先生送出门后，回来便骂小来子说："都是你多嘴，坏了我的买卖。"

小来子说："我嘴是快了些，可是七千这价也是您定的啊。再说人家高先生明摆着已经看上咱这木佛了，您干吗把价叫到三个数，这么高，生把人家吓跑了？"

大来子说:"你这笨蛋,还没看出来,他这是假走,还得来。"

后来我才懂得,大来子这一招叫"钓鱼",放长线才能钓大鱼。

小来子在古董行还是差点儿火候,一个劲儿地问:"叫人家高先生看上的都是宝吧?咱这木佛能值大钱吗?"

大来子没说话,他心里似乎很有些底数了。

我却忽然想到,前些天大来子把我从原先那黄脸男主人手里弄来,只花了区区的一百元!古董行里的诈真是没边了。

过了一周,高先生没露面。店里却来了另外两个北京人,点名要看我,给的价很低,才三千元,还说最多是明末的东西。这两人走后,大来子说这两个人是高先生派来成心"砸价"的,还说很快就有人要来出高价了。不出他所料,过了五天来个黑脸汉子,穿戴很怪,上边西服上衣,下边一条破牛仔,右手腕上还纹了一只蝙蝠。进门就指着我要看,他把我抓在手里看了半天,张口竟叫出一个"惊天价"——两万块。惊得小来子冒出汗来。谁料大来子还是不点头,也不说自己要多少,只说已经有人看上我了,黑脸汉子出的价远远够不上人家的一半,硬把这黑脸汉子挡在门外。等这汉子走后,大来子说这黑脸汉子也是高先生派来的"替身"。他更得意。他看准高先生盯上我了,并从高先生这股子紧追不舍的劲头里看到我的价值。他拿准主意，一赶三不卖，南蛮子憨宝，非憨出个大价钱不可。他对小来子说："弄好了，说不定拿木佛换来一辆原装的丰田。"

一时弄得我自觉身价百倍。

我虽然只是一个"旁观者"，却看得出来，这小来子费猜了。他既不知大来子想要多少钱，也不知我到底能值多少钱。他和大来子干了好几年，没见过大来子的买卖干得这么有根，这么带劲。一天，他独自在店里，忽然两眼冒光好似如梦方醒朝我叫道："怪不得他那天把你背回来时，说'抱了一个金娃娃'！原来金娃娃就是你！"

这一下我反而奇怪了。我是木头的，怎么会是金娃娃？

我一动不动立在玻璃柜里，虽然前后才一个多月，却已经将这各种各样的花花肠子都看得明明白白。人世间原来这么多弯弯绕、花招和骗局，假的比真的多得多。不靠真的活着，都靠假的活着，而且居然活得这么来劲儿。虽然我还是我，却在这骗来骗去中身价愈来愈高，这就是人的活法吗？更叫我不高兴的是，我既然是佛爷，怎么没人拿我当作佛爷敬着，全叫他们当成钱了？而且当作钱那样折腾起我来。

165

三

　　一天深夜，我突然发现有两个人影在店铺门口晃动，我刚才看见小来子下班离开店铺时锁了门，不知为什么这两个黑影竟然不费吹灰之力，一拧门把就推开进来。总不会是小来子给这两人留的门吧？

　　虽然店内关灯，但我是佛，目光如炬，一眼就看清楚走进店内的两个人。一个五大三粗，一个竟然是个光头。两人进来直朝我这玻璃柜走来，拉开玻璃柜，双手伸上来把我端出柜子。他们的目标就是我，动作又快又利索，绝不顺手牵羊拿点别的，只用块黑布把我一包就走。我给这块黑布一包就什么也看不见了，只能听到这两个人跑步的声音。

　　从他们的跑步声判断，他们似乎上上下下穿越过一些不同空间，有一阵还在一条有回声的通道里奔跑，后来奔跑声就加入他们急促的喘气声。他们跑到一条街上。街上有汽车声。突然，在后边不远的地方有人喊叫："抓住他俩，小偷！抓住他们！"这两人就跑得更快。就在脚步声变得极其紧急与慌张时，忽地发出一声巨响，同时我好像被扔了出去——我确实被扔了出去——可能是抱着我的那人被什么绊倒了，我就从他手中飞了出去。在我飞行在半空时，包着我的那块黑布脱落了。我看到了自己在空中划了一条弧线然后掉落在地上那非常惊险的一幕！当我撞在地面时，感到眼冒金星，头部和肩部像挨到重锤一样剧痛，不知自己是否被摔坏。

直到完全静下来之后，我发现刚才偷盗我的那两个人已经跑得无影无踪。两个小偷逃命要紧，顾不上我，追小偷的人也没有发现我，我被遗弃在一条深更半夜空荡荡的大街上。偶尔有一辆汽车从我身边飞驰而过，我开始害怕起来，街上一片漆黑，这些夜行车不会看见我，如果它们从我身上一轧而过，我会立即粉身碎骨。更要命的是，我不能动，只有乖乖地等待死神降临。可是我想，我不是佛吗？佛总不会和人一样的命运吧！

忽然，一道强烈的光直照我的双眼。我横躺在街上，看着它直朝我飞驰而来，而且强光愈来愈亮，一辆车！我想我完蛋了，只等着它从身上碾过，突然它竟吱呀一声，来个猛刹车。跟着我看见车门开了，一个人从驾驶车位下来，手里拿个电筒朝我走来，走到我跟前用电筒一照，自言自语地说："他妈的，这是什么东西？我还以为一只死猫死狗呢，原来一截破木头！"

他抬起脚刚要把我踢到道边,忽然说:"噢,还不是破木头,一个木头人?木佛吧?老东西吧?大半夜谁扔在这儿呢?"他想了想说:"我得把它抱回去,说不定是件古董。"

只他一个人,他自言自语,然后猫下腰把我抱起来,回到车里去。一进车门,一股很浓重很浓重的酒气扑面而来。一个人坐在车子后排座椅上发出声来:"什么东西?"声音咬字不清,像是醉了。

这人把我递给他,说:"您看吧,老板。兴许是个宝贝!"

原来车里的醉汉是个老板,抱我进车的是老板的司机。

跟着,我感觉自己躺在一个软软的热热的晃晃悠悠的怀抱里,倒是很舒服。我开始庆幸自己又一次死里逃生。只听这醉醺醺的老板对着我胡说:"你真是个宝贝,我的好宝贝吗?不、不、不,我的那些大奶子的宝贝儿们全在'夜上浓妆'呢!我怎么看不清你呢?你睁开眼叫我好好看看……"

我可真受不了他嘴里喷出的酒气。

前边开车的司机笑呵呵地说:"老板,它的眼一直睁着。您自己得睁开眼,才能把它看清楚。"

老板说:"去你妈的,多什么嘴,开你的车!天天闻你的屁味儿谁受得了?杨科长说爱放屁的司机根本不能用……"

我还没弄清楚怎么回事,老板就打起很响的鼾声睡着了。

木 佛

只听司机自言自语地说:"我忍了半天没放,这就叫你闻个够。"

我还是没弄清楚司机这话什么意思,只听一连串吱扭吱扭关门似的声音,一会儿就闻到一种很臭的气味从车子前边飘到后边,渐渐与酒味混在一起。这种混合的气味叫我无法忍受。我感觉我身体里边又有点发痒,是不是残存我体内的原先那些小虫子也受不了这气味扭动起来了?

转天,我被放在一间气派又豪华的客厅里,老板坐在这里喝茶。此时的老板和昨夜在车里完全两样了。昨天衣衫不整,红着眼珠,口角流涎,满嘴胡言,横在车里像只睡熊。今天穿戴格格正正,挺着肚子,不苟言笑,脸上还有点霸气。我有点不明白,凭老板这种实力,为什么非用那个爱放屁的司机?昨天那屁味现在都不能琢磨一下,太叫人受不了了。

将近中午时候,老板家里来了两个客人。一个像曾经到华萃楼大来子店里去过的高先生,有点身份,只是头发梳得很高,抹许多油。另一个文绉绉,肉少骨多,衣着古板,人还文气。听他们一说话,那个像高先生、头上抹油的人,老板称他华先生。文绉绉这位是在博物馆工作的文物鉴定员,老板称他曲老师。客人进来没有落座,就叫老板引到我身前,一起把我好好端详,然后才落座,饮茶,开始对我品头论足。

169

两位客人先说我"这件东西"不错,是"山西货",曾经施彩,甚至沥粉和饰金。虽然年深日久,但还留有痕迹。看来这二位说话比较公道,因为不是买卖关系,没有故意褒贬。由他们嘴里我还对自己有了进一步的认识,我听后不仅吃惊,还大喜过望。他们说出我正式的名称,叫作"菩萨坐像"。他们还有根有据说出了我的年代,属于宋元物件。华先生说是元初,因为我身上已经有一点辽金以来的"野气"。曲老师却一口咬定我是宋佛。曲老师说,宋代的菩萨还没有完全"女性化",故看上去身躯有点伟岸,唇上有髭。元代就完全没有了。曲老师还说,这皮壳下边肯定有一层彩。欧洲人修这种老木器很有办法,而且是一厘米一厘米地修,能叫皮壳下边的彩绘充分显露出来,咱们的技术还不行。如果真能露出彩绘,肯定大放异彩。那就得送到欧洲去修。

　　二位客人中,曲老师是货真价实的专家,还常在电视台鉴宝节目里露面。经曲老师这么一说,那位华先生便不敢再多嘴。

　　老板欣喜异常,他对露不露彩绘的颜色没兴趣,只想知道值多少银子。他笑嘻嘻地用鉴宝节目的口气说:"您给个价吧。"

　　曲老师说:"在咱们国内真不好说,咱国内藏家的收藏不是出于爱好,大半为了升值;文化不行,审美也差,根本看不出好来。这件东西要拿到香港拍卖得大几十万。在内地最多十个八个吧。"

这句话把老板说得脑袋像一朵盛开的大牡丹。

经曲老师金口玉言地一说,我确而无疑地身价百倍了。你是否认为我心里也开花了呢?别忘了——我是佛,心无俗念,只望有个清幽静谧的地方,空气纯净,安全牢靠,不像现在活得这么揪心。想想吧,既然我这么值钱,下一步这大老板会拿我去做什么?这些有钱的人没好处的事绝不会干。

事情有点出乎我的意料。没想到这老板家有个佛堂。

老板娘信佛。可是他家有钱,去庙里烧香怕招事,就把"庙"请进家里,在家里建个佛堂。他家里的事老板娘说了算。家里豪华气派,佛堂更是豪华气派。佛龛、供桌、供案、供具,全都朱漆、鎏金、贴金、镶金。还花了不少钱请了北京一位书法名家题了两幅字。一幅是"佛缘",一幅是"心诚则灵",词儿挺俗,却刻成匾挂在迎面大墙上。佛龛里的佛除去金佛就是玉佛。听这里人说,曾经也有做买卖的关系户为了讨老板娘欢喜,使大价钱从古玩行买来几尊佛,件件够得上文物。但老板娘嫌旧嫌脏,还是喜欢自家请来的锃光瓦亮的金佛玉佛。她说她自己请来的这些佛一看就有财气。

为此,我先被老板送到曲老师的博物馆,请一位修复师把我悉心清理一番。拿回来放在佛堂一角一个又明显又不明显的地方。因为老板不知老板娘对我是否喜欢。喜欢就往前摆，不喜欢往后放。看来我和这老板娘缺点缘分。她一见到我，就用鼓眼皮下边一双挑剔的小眼睛瞅我，脸上一点笑容也没有。她不像大来子、高先生和曲老师，对我有一种欣赏的目光。她似乎讨厌我，瞥了我几眼后，只说了一句："怎么这么破，别给我这佛堂带进虫子来。"

老板说："这尊佛一千年，哪能囫囵个儿。我已经请曲老师用了他们博物馆从英国进口的最先进的防虫药。"事后，老板就叫人把我挪到供案左边另一尊佛弟子阿难立像的后边。我心想，不管立在哪里，安稳就好。

老板娘不喜欢我，我也不喜欢这肥婆。虽说她信佛敬佛，一天早晚两次来佛堂磕头烧香之外，碰到任何大小麻烦都还要跑到佛堂来念叨一番，把头磕得山响，求我们帮助。于是我知道她家哪只股票要跌，哪个楼盘钱顶不住，哪个领导软硬不吃，哪个亲戚赖钱不还，再有就是老板近来又夜不归宿了。她把她恨谁、咒谁死也告诉我们，叫我们帮她。哪有佛爷管这种事的？我又想了：人间信佛礼佛敬佛拜佛，都是为了自己这点屁事、这点好处吗？

一天,老板把城南大佛寺的住持请来,请他指点一下我们这佛堂的摆设是否合乎规制,还缺什么。老板与这位住持闲话时说的话,我也全听到了。

　　老板问道:"到您庙里去的信男信女多吗?"

　　住持见左右无人,说出点实话:"现在哪还有几个真正的信男信女?都是烧香磕头来的。拜佛都是求佛,把自己解决不了的事推给佛爷。"

　　老板说:"都是些什么人?"

　　住持立即回答:"六种人。"

　　老板:"噢,您都归纳好了,哪六种?说说看。"

　　住持开口便说:"第一种是得重症的,生死未卜,来求佛爷;第二种是高考的学生,前途未卜,来求佛爷;第三种是你们做买卖的,盈亏未卜,来求佛爷。对吗?"

　　老板:"没错。第四种呢?"

　　住持接着说:"第四种是女人没有孩子,身孕未卜,也求佛爷;第五种是每次官员换届时,前程未卜,来求佛爷。官员都是偷偷来,自己一个人,连秘书也不带,悄悄来烧香磕头,完事低着头走掉。第六种,你猜是谁——"

　　老板想了想,说:"我怎么知道。"

　　住持说:"去比赛的足球队员,赢输未卜。一群壮汉一起来磕头、求佛。"住持跟着又说一句:"你想想,这六种人加在一起,每年到庙里会有多少人,香火还能不盛?"

这话叫老板听了哈哈大笑。一时我也笑,满佛堂的佛都大笑起来。

其实我们这些佛都只是心里笑。既无声音,也无表情。对人间的各种荒唐无稽,从来都是淡然相对、心怀悲悯,可怜世人的愚顽。

四

我终于没能在佛堂中待住。一天,老板那个爱放屁的司机把我从供案抱下来,放进一个讲究得有点奢侈的金黄色的锦缎盒中。我进了盒子里就什么也看不见了。我感觉自己被放在汽车里,开出了老板家。听说话车里还是老板和司机两个人,装着我的盒子就放在老板身边。他们要把我送到哪儿去,拍卖吗?

虽说佛主天下,我却不能做自己的主。谁有钱谁做我的主。本来佛是人想出来、造出来,给人用的,可是人们为什么还要给佛磕头,这事是不是太过离奇?

我听见老板说话的声音:"我还是不甘心把它送给这陈主任,毕竟几十万啊!"

司机的声音:"人家批给您一个工程能赚多少钱?人家不是没给您帮过忙。当初把市里盖那个大剧院的活给您之前,甭说这一个佛,五个佛您也送了。再说这个佛是咱在大街拾的,白来的。"

老板说:"哪是拾的,是天上掉的馅饼。要拾,怎么不叫别人拾到?"

司机说:"您要不早早送出去,哪天叫您太太拿出去卖了,她还叫我用手机拍下来去打听价钱呢。卖了钱也到不了您手里。"

老板说:"她怎么这么不喜欢这个佛?"

司机说:"人家不喜欢旧的,喜欢新的呗!我也看着佛堂里那些金佛玉佛漂亮。如果不是曲老师说值几十万,您会喜欢吗?谁会喜欢旧的?谁不爱值钱的?"

老板说:"那就不知道这陈主任懂不懂了。"

司机说:"您用得着为他操心?他秘书打一通电话,能把咱们市里最懂行的专家都叫去。不管懂不懂,懂得值大钱就行。"

老板忽说:"他会不会把那个搞电视鉴宝的曲老师也找去?"

"肯定会!"司机说,"曲老师懂市场行情,能定价啊。"

老板说:"那就坏了,曲老师就会知道咱把这木佛送给陈主任了。"

司机的笑声。他说："这您就不知道了，曲老师为嘛懂得行情？他整天在外边也折腾古董，搞钱。现在的专家哪个不憋足劲儿搞钱？您是用能耐搞钱，人家用学问搞钱。如果这佛叫曲老师沾上，美死他了，他准会使点法子，从这佛爷身上搞出一大笔钱来呢。您怕他把您说出去？他才不会呢。闷声发大财嘛。"

"是啊！"老板说，"他可以给陈主任介绍个大买家，做中间人。"

司机说："赚钱的法子多着呢，只有我靠卖苦力搞钱。"

他们笑起来。

我在盒子里一听，原来那个博物馆的专家和这些买卖人并无两样，甚至更厉害了：一边在电视上捞名气，一边在市场上捞钱。

两人在车里正说得热闹，老板忽说："你怎么又放屁了？"

我听了一怔，并没有闻到那天那种奇臭。我马上想到我被严严实实关在锦盒里边，而且锦盒里有一种樟木的香气。我为自己感到庆幸。只听司机说：

"我糖尿病吃的药拜糖平，就是屁多。十年前我刚给您开车时哪有屁，我的糖尿病就是天天晚上在酒店饭馆歌舞厅陪着您应酬吃出来的。"

木　佛

老板的声音："你小子天天在车里放屁熏我，居然还怨我，哪天我找个没糖尿病的司机把你换了！"

司机的声音有点发赖："老板您舍得换我吗？我管不住屁眼却管得住嘴，这么多年这么多事，您哪件事哪个人名哪句话从我嘴里漏出去过？您心里有数。哎，老板，现在马上没味了，我已经打开'送风'了。"

老板的声音："送什么风，开车门吧，咱们到了。"

当锦盒被打开，我被拿出来放在桌上，来不及弄清这是什么地方，只见眼前站着三个人，其中一个是老板，但他靠边靠后站着。中间一人倒背着手，沉着脸看着我，那神气好像他是佛。他身边站着一个年轻人，肯定是秘书了。中间那人一动不动站着，呆呆瞧着我，似懂似不懂，他也不表示喜欢与否，站了一会儿便转过身向右边另一间屋子走去，老板和秘书马上跟在他的后边一起走去，好像他走向哪里，别人就得跟着走向哪里。他大概就是陈主任了。

在他们走进另一间屋子之后，由于距离太远，我就听不清他们说些什么了。能听到的都是"喝茶、喝茶"，过一会儿还是"喝茶"。又过些时候，老板似乎告别而去，他走时没经过我这间屋子。看来我被陈主任留下了。随后那年轻的秘书走进来，重新把我放进锦盒,轻轻关好。我好像被拿到什么地方放好,跟着我听见关柜门和上锁的声音。

我以为从此要过一阵"深藏密室"的绝对平静的生活。我想得美!只过了几天时间,我就给从锦盒里拿出来放在桌上,陈主任陪着一个人对着我瞧。这人并不是曲老师,刚才秘书向陈主任来报客人姓名时,说是"北京嘉宝拍卖行的黄老"。我想,陈主任是不是行事谨慎,刻意回避了曲老师这类本地人?黄老的年纪总有六十开外,谢顶,衣装考究,气度不凡,陈主任一口一个"黄老"称呼他,口气似很尊敬。他对我看得十分仔细,还几次用"不错"两个字夸赞我。在陈主任到另一间屋接听电话时,他紧盯着我胸前的璎珞与飘带细看,忽然脸上露出极其惊讶的表情,好像发现了宝物。等陈主任听过电话回来,这黄老立刻把脸上惊讶的表情收了回去,对主任只淡淡说了一句:

"东西不错,您要想出手就交给我吧。"

陈主任说:"交给您我自然放心。"

黄老说:"您的东西不上拍为好,我拿到香港去找买家。国内买家大都是土豪,只认鎏金铜像,要讲看历史看文化看艺术还得是人家欧洲人,肯出高价的也是人家。"

陈主任说:"东西太老不能出关吧?"

黄老笑得露出牙来,说:"您下次去香港到荷里活老街那些

中间这人一动不动 erkennt着呆，瞪着眼，向陆仙永陵
也不来示，喜欢于是他大概就是陈主任了

牛佛揾庵主大秀

古玩店看看就明白了,汉俑魏碑唐三彩,全是新出土的。只要肯出钱,什么东西都能出去。不单能出去,您要是咱们内地的人,在那儿买了几件,东西还不用自己往回带,只管回来后到北京潘家园这边来取。"

陈主任听得瞠目结舌,说:"那就交您全权去办吧。"

黄老说:"那好,别的事我就和小袁秘书说吧。"说完便告辞而去。我就被装进锦盒再装进他座驾的后备厢里。

自从离开天津,我便找不到北了。

我被转手好些地方,经手好多拨人,至少被十五六个人看过,而且是在各式各样的环境里,高贵讲究的、粗俗不堪的、一本正经的、文气十足的,我对什么样的环境毫不在意,这都是人间的各种把戏,我只求一己的清净。

我的转机出乎我的意料!

那天——我也不知自己在什么地方——一个外国人拿着一大一小两个放大镜仔细打量我。外国人这么看佛吗?我第一次看到外国人,他脸上的胡子修理得很干净,根根见肉;牙齿像瓷器那么光滑透亮,金丝边的眼镜框后边一双蓝色的小圆眼珠专注地看着我。他那股认真劲儿给我一种好感。他有一个翻译,把他的话翻译成中文,说给我当时的经手人徐经理听。他说我身上刀刻的线条很深，刀法简练有力，只有宋人才有这么好的刀法。徐经理只是连说："是，是，是。"这个外国人又说一句："这种刀法，很像你们宋代北宗山水画使用的中锋的线条，非常有力，非常优美。"他挑起大拇指。

徐经理只是点头，赔笑，说是。看来他没太听明白。难道中国人对自己的好东西还不如外国人懂？

当这外国人看到我胸前的璎珞和衣衫，也和当时北京嘉宝拍卖行的黄老一样露出同样惊讶的表情，他轮番用大小两个放大镜一通看，最后开始与徐经理谈价钱。那些话即便有翻译，我也听不懂了。

为了我，这个外国人至少到徐经理这儿跑了三趟。最后他们开始对我进行精细的包装，当一些有弹性的细绵纸把我小心翼翼地缠绕起来后，我就什么也看不见、听不到了，我只能随遇而安了。

过了很长的时候，当我被从一层又一层包装中取出来后，我看到许多稀奇古怪的脸，红的、黑的、白的、满是毛的，全是外国人对着我惊奇地张着嘴，其中一个竟然用不流畅的中国话对我说"欢迎你来到德国德里斯顿温格艺术博物馆"，然后他们一同露出很友好的笑容。

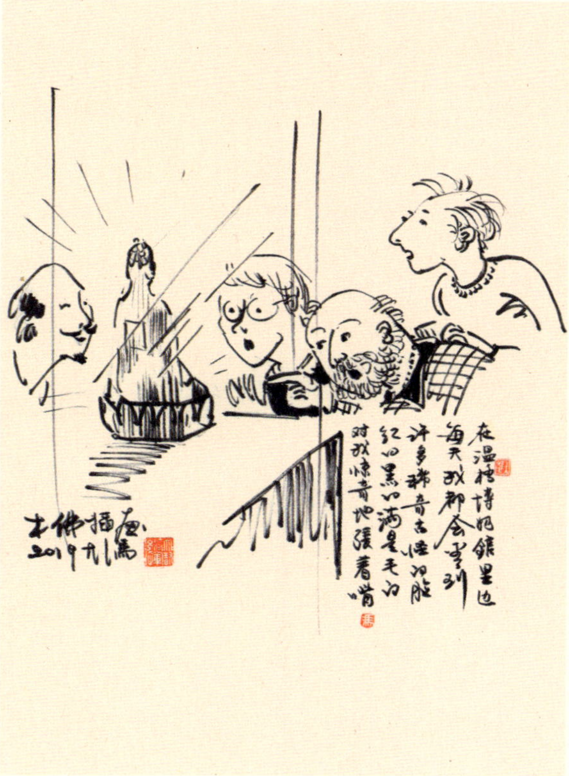
在温哥华博物馆里边
每天我都会看到
许多稀奇古怪的脸
红的黑的满是毛的
对我惊奇地張着嘴
木佛插画
2019

他们不会相信我一个"木头人"能听见他们的话吧？我呢，则是惊讶自己的奇遇，我居然来到一个从来没有佛也不信佛的世界。这样会更糟糕吗？我还会有怎样更惊险和古怪的遭遇呢？

想不到吧？我现在已经是德里斯顿温格艺术博物馆的骄傲了。

这里边有一个重要原因连我也不曾料到。在我一连串匪夷所思的经历中，只有三个人曾经看到藏在我身上的奥妙。最早是那位搞鉴宝的曲老师，后来一个是北京嘉宝拍卖行的黄老，最后一个是把我"买"到德国来的那个外国人。他们都发现到我身体一层皮壳下边，还保存着一些宋代彩绘的颜色。在我进了德里斯顿的博物馆后，他们请来一些修复古物的高手，动用了很多高科技，将我身上一些没有价值的表皮和污迹，一点点极其小心地除掉，这样前后居然干了半年。我没想到他们在我身上下了那么大功夫，却渐渐将皮壳下边一千年前的色彩，美丽的朱砂、石绿、石青、石黄五彩缤纷地显露出来，叫我古物重光，再现当年的辉煌。连我自己看了都大吃一惊，好像我穿了一件无比尊贵的华服！原来我竟是这般令人惊艳！哈哈哈哈，大来子、高先生、老板、陈主任要是见了，准要后悔不迭、捶胸顿足呢！我最初那个黄脸男主人说不定还要跳河呢！

  我现在就在温格博物馆 B 区亚洲古代艺术一展厅的正中央。他们给我量身定制一个柜子。柔和的灯光十分考究又精妙地照射在我身上。最舒服的是柜子里边的空气，清爽滋润，如在深山。柜子的一角有各种仪表，可以保证这种舒适无比的温度和湿度一直不变。最神奇的是，原先我体内那些肉虫子好像全死光了，再没有任何刺痒。最美好的感觉还是站在玻璃柜前的人们都在欣赏我、赞美我，没人再想打我的主意、拿我赚钱。

  我应该从此无忧无虑了吧。可是渐渐我竟然有点想家，有点彷徨和失落，有点乡愁吧。可是我的家又在哪儿呢？大来子的古玩城还是那个老板家的佛堂？我是佛，一定来自一处遥远的庙宇或寺观，那么我始祖的寺庙又在哪里？

二〇一九年二月二十二日初稿
二〇一九年八月定稿

我是杰森

我是杰森

一

我的遭遇缘自一次在海外不幸的车祸。那天，从早晨一上车我就有一种不祥的预感。这种不祥说不清道不明，反正心里边扑扑腾腾，总好像要出点事。事后，叫我最后悔的是通过一位巴黎当地的华人，请来一个导游兼司机小宋先生。据说他曾在非洲一国的领馆做过二等秘书，精通法语，是位跑遍法兰西的"法国通"，可是那天一上路我就觉得不对，他竟然连公路上的路牌都看不明白。那些年还没有 GPS，他看地图的架势有点像看天书。不过，我这次车祸谁也不怪，完全是我自己找的。我在巴黎开过了会，还有几天时间没什么事儿，忽然想用两天时间往巴黎的西边跑一跑。我最想去的是两个地方，一个是位于诺曼底勒阿弗尔吉维尼的莫奈故居；另一个更远一点，是世界遗产圣米歇尔山。我在一张图片上看过这个圣米歇尔山，一个从

189

海中耸起的小山峰，上边全是古老的建筑；峰顶是一座尖顶教堂，简直就是神话中的景象！我非要去看看不可！然而，由于这个冒牌的"法国通"几次迷路，我们的车在田野和丘陵中来来回回兜了许多圈子，到了吉维尼，莫奈故居已经关门，只有扒着门缝才看到在莫奈画中常常出现的那座轻盈的彩虹一般的日本桥了。小宋安慰我说，从圣米歇尔山回来途经这里时，还可以再来看。于是我们在村子里找到一家土耳其饭店，吃一顿欧式的"肉夹馍"，然后接着赶路，可这时天已经黑了。小宋似乎根本没有来过诺曼底这边。他总走错道，错了就得绕回来重走，我的心开始发毛，他的心几乎乱了。我说："是否找个旅店住下来？走夜路不安全。"

就在我说这句话时，他忽然说："不对，我又走过了，应该拐出去。"他说这话时，声音有些慌乱。

我坐在小宋旁边副驾驶的位置。我发现，车子右边有一个出口。车子开得正快，马上就要离开这个出口。小宋担心错过这个出口，猛地向右一拐。这种行车在高速路上是绝对违规的，没等我制止，只觉得身后边一个巨大的黑影疾飞而至，跟着一片炸开似的刺目的光亮和一声毁灭性的巨响，我感觉我像飞了出去——不知道我从车子里飞了出去，还是我的灵魂从我的躯体中飞了出去，同时我什么也不知道了。

我清醒过来时，身体已经被固定在一张床上躺着。我的意识有点奇怪。一方面我很清醒，听得清周围的一切声音，看得清周围各种医疗器具，还有几位身穿白大褂、戴着口罩的外国医生与护士。我还知道自己因为车祸受伤躺在这里。我对车祸时死神降临那可怕的一瞬印象极其强烈。可是另一方面我的所知却好像微乎其微，无论我去想什么，脑袋里都像是空的，想不起任何一个与自己有关的人来，也想不起任何事情来。比如车祸，我对车祸的感觉虽然记得极其清晰，但因何车祸，就一点儿也不知道了。我好像不会想了，难道我失去了记忆？

一个蓝眼睛、中年、男性的医生走到我的病床前，问我是谁，叫什么。他用的是英语，我本能地用中国话回答他：

"我想不起来了。"

他表情为难，听不懂我的话，转而用英语问我：

"你会说英语吗？"

我竟然用英语回答他："是的，我会。"我使用的英语还很熟练。

蓝眼睛的医生笑了，他说：

"好。我是你的医生拉方丹。请问你的姓名。"

不知道为什么我的回答是："我叫杰森。"我用英语回答。可是我为什么说自己叫"杰森"？我曾经有过这个英文名字吗？谁给我起的这个名字？我完全没有记忆。

比这个还构成麻烦的是，当我用英语告诉拉方丹我是中国人时，他很惊异。他接着问我一串问题，比如我的姓名，我是中国什么地方人，我的手机号或邮箱地址，我认识的人，我到法国干什么来的，我认识哪些法国人——哪怕一位也行。我都一无所知。拉方丹找来一位中国面孔的人与我交谈，我们之间除去语言上毫不费力，我什么信息也不能给他。我像一位外星来客。

经过许多努力，拉方丹告诉我必须面对一个可怕的现实。我是在法国西部高速公路上一次惨烈的车祸的受害者。我幸免于死，肢体健全，但面部已毁，必须接受整容。但警方在现场找不到我任何的身份证明。我自己精神虽属健全，但头部在撞击中出现了失忆，而且我的失忆很彻底，一片空白。现在很难说能否恢复。

他还说我同车的伙伴在车祸中被撞得血肉模糊，警方也找不到他的身份证明，而我们来时坐的汽车的车牌竟是假的。拉方丹说："我们找不到你任何朋友与家人，我们只能认定你是'杰森'，鉴于你受伤的严重，我们必须给你马上动手术，同时给你整容。你的手腕骨折，无法签字，如果你同意，我们需要你用录音来认可。"他说："你只要说'我同意对我进行外科手术和整容，我叫杰森'就可以了。"

我同意了，用英语把他要我说的话说一遍，最后说：

"我叫杰森。"

此后，我完全不知道接下来的事。只知道自己在麻醉剂里昏昏沉沉睡了很长时间，这时间没法说清，醒来后面部和手腕依然密密实实缠着绷带，身体不准翻动。拉方丹每天都来看我，探问我的感受，我身上每一种痛苦与不适的消失，都换来他的一种很熨帖的微笑。他还领来一位鼻子尖尖、瘦瘦、戴着金丝边眼镜的医生看我。他说他叫马克，是我的整容医生，他跷着大拇指说："马克是我们医院最出色的整容师。"于是，我开始对我的面孔有了期待。我最关心的不是我被整得是否漂亮，关键是否像我。可是我的记忆现在仍是一片空白，我凭什么断定马克是否"重现"了我？

过了一些天，揭晓的日子终于来到，拉方丹、马克，还有这些天护理我的医生护士围着我，眼瞧着马克像魔术师那样带点神秘感地揭开蒙在我脸上最后一层纱布，跟着引起一片惊呼、欢喜和掌声。他们向马克祝贺，也向我祝贺。一位护士拿着镜子竖在我的面前，我朝镜子里一看，天啊，我感到从此我和原先的自己告别了。虽然我完全不记得自己本来的模样,但镜子里是一张纯粹的地道的外国人的脸。隆起的眉骨下一双深陷而略带忧郁的眼睛,高高鼻子下厚厚的嘴唇。一位年轻的护士说我很像巴尔扎克笔下的拉斯蒂涅。是呵,我的整容师是法国人,他想象出来的脸一定是法国人的脸。如果你叫一个法国画家随便画一个人物,他画的人物一定是法国模样,绝不会是中国人的模样——这是必然的!我完蛋了。

当我抬起头来时,我发现马克、拉方丹等满屋子的人,都望着我,等待着我的感受。不知为什么,我竟然非常肯定地说道:

"我是杰森。"

于是,快乐充满了大家的心。

二

我说我是杰森,那么杰森是谁?我不知道。无论我怎么想,对"杰森"这个名字由何而来,都毫无印象。"杰森"这两个字,在我记忆的荒地上只是一个不知由来的碎片。它是不是我上学学习英语时给自己起的名字?或者我曾经是一个混血儿,原本

我是朱森
2021. 清鐵干

就有这个英文名字,不然我的英语怎么说得这么好?真正的语言属于一种"本能",不属于记忆。正因为我的中国话更是这样一种本能,所以我确认自己是一个中国人。可是——仅此而已,现在我连我的中国名字都不记得了!否则,我会顺着这名字捯回我的记忆链。

失忆意味着什么?现在我才知道,一个人只有自己的经历才是自己的,因为你经历中的一切都真切地保存在你的记忆里,不会保存在别人的记忆里。如果失去了这个记忆,你还有什么?只剩下一个肉体,一个躯壳,一个没有内容的生命。虽然记忆不是实在的东西,一旦你失去了它,生命就变成空的!

我现在就是空的。我失去的绝不仅仅是自己过去的一切,更失去了一切活着的意义、目标、欲望。这比死亡还可怕。死亡是一种实实在在的结束,失忆是一种活着的死亡。我几次感觉把握不住自己了,我要疯,要发狂,我想跳楼。

我之所以能活下来,完全由于巴黎一个纯民间的人道主义救援组织的帮助。这组织中有三位天使:一位名叫赛琳娜的妇女和两个中年男子——毛磊与雨果。他们都是有工作的人。赛琳娜是在政府机构工作的职员,毛磊是一家四星级旅店的清洁工,雨果是一位西装裁缝。他们对我做的事纯属公益。他们对我的遭遇非常同情。他们对我的帮助既有物质上的,更有心理上的。

应该说，我一度难以摆脱的失忆之痛把他们扰得终日不得安生，但他们个个都是我的最具耐性的心理医生。可是，谁会对别人的精神和心理这么当回事？他们天天与我聊天，一直聊得我眉头舒展才放下心来。我被他们的人道救援组织安排在拉丁区一座古老的教堂后边一间狭小的平房里居住。天天至少会有一个人来陪我，帮助我料理生活，并与我一同在我受损的大脑缝隙里寻找残存的记忆。一天黄昏我和他们在塞纳河边散步，我忽然说："好像在我的家乡也有这样一条从城中穿过的河。我好像有一点感觉了。我的城市很大。"这是一年多来，我第一次有了"记忆归来"的感觉。这一瞬间，我的感觉很神奇。

他们三人一下子把我拥抱起来。赛琳娜还感动得哭了，好像这是她自己的事情。

虽然，这个感觉只是在恍惚之间，瞬息冒出来，又瞬息消失，却给了我活下去的信心。我第一次抓到了自己的救命稻草。

我这三位朋友认为，最好的找回记忆的办法，是我回到中国去，回到自己的城市里。只有在自己曾经生活的环境里，才会碰到各种朝夕相处过的生活细节，甚至碰上熟人与朋友，从而唤回我失却的昨天。他们三人都没去过中国，便扎在图书馆里翻了许多地图。经过再三研究，他们认为中国的两个城市——上海和天津最可能是我的家乡。虽然中国的大城市多源于一条河，可是看上去更接近"穿城而过"的巴黎塞纳河的，还是上海的黄浦江或天津的海河。可是我若去中国，最大的问题是没有护照，我的护照可能毁于那场车祸。怎么去办？办理护照需要各种身份资料，我都没有。我只是由于遭遇一次惨烈的灾难，失去记忆而滞留在异国他乡的一个可怜人。

我的几位朋友费了很大劲儿，千方百计给我弄来一本护照。当然，其中的奥妙我不能说。

当护照拿到手里时，我翻开一看，既欣喜，也悲哀。上边的照片分明不是我，而是一个地地道道的外国人，但这正是我现在的模样。护照上的姓名"杰森"倒是与照片十分般配。杰森就应该是这张面孔。何况护照的首页还写着我的出生地是鲁昂，出生日期是1966年8月8日。我感觉这个日子像是一个不祥的日子，只是一时想不起来这一天历史上发生过什么了。

我和我的三位朋友在太子街一家小饭店里密谋了我即将出行的计划。我将以一个名叫杰森的法国人身份去往中国旅行。主要目标是两个城市：上海和天津。每个城市一周，全部行程为期半个月。上海入境，天津出境。真正的目的是找到我的家乡，找回我的记忆，最后找到我自己。我的三位法国朋友通过他们的人道救援组织给我提供一些经费，并上网订好来回的机票和我将要去往的那两个中国城市的旅店。他们各自从家里拿来一些衣物，给我凑足一个旅行者必备的行装。他们很细心很尽力，连遇到感冒流行时必用的口罩都给我准备好了。雨果把他一直没舍得使用的新款的阿迪达斯双肩包也送给我了。在戴高乐机场与他们分手时，赛琳娜对我说："无论你找到还是找不到过去，你和我们都共同拥有未来。"这话叫我原本不安的心一下子踏实下来，我的眼睛也潮湿了。

我一坐上飞机就变得十分敏感，我好像打开身上所有神经的开关，留心意外触动自己记忆的各种可能的迹象。于是，我发现我对飞机没有陌生感，我以前肯定经常坐飞机，登机、下机、进关等等，因此这一切我全都轻车熟路。只是在排队过安检时，一位机场的值班人员过来对我用英语说："先生，请您到'外国人通道'那边排队接受安检入境。"他很客气。

这时我才意识到我不是中国人，是"外国人"。我谢谢他，去到那边排队安检。在过安检时，一位值班的年轻女工作人员用流畅的英语问我是否第一次来上海。我说："是。"并说："我是杰森。"她笑一下，说："上海欢迎你，杰森先生！"跟着啪地在我护照上盖图章，我就这样轻易地"回国"了。原先我一直担心这本不知从哪里搞来的护照会给我找麻烦。如果有了麻烦，我会一切都无法说清楚，而且谁都无法说清楚。我会在整个地球上都是一个解不开的谜,一个麻烦。

我出了机场立刻找一辆出租车去旅店,我发现我做这些事时竟然也十分熟练。后来一位医生对我说人失忆的症状千奇百怪,有时只是失去某一部分记忆,其他记忆却完整地保存着。这位医生说,他见过一位头部受到撞击的女病人,伤好了之后,留下的后遗症是失忆症,但奇怪的是她失去的只是对"文字"的记忆,竟然再也看不懂任何报纸、书籍和一切东西上的文字。现在看来,我的失忆也是一部分。我对语言、文字、生活技能和行为方式的记忆都没问题。我失去的只是对"我"的记忆——当然,这是最要命的记忆。你不知道自己,才是真正的一无所有。这样,你天天活着将从哪里开始?去向哪里?

开出租车的司机是一个瘦子,他很爱说话,但他的英语很差劲,愈说我愈听不明白,我便用中文说:"你跟我说中文没问题,我能听懂。"

这瘦司机听了大叫起来:"呀呀,你的中国话说得这么棒!如果我不看你的模样,只用耳朵听你说话,你就是我们中国人嘛!你在哪儿学的中国话?"他一兴奋,中文里边便开始冒出一些叽叽咕咕的上海地方话。我听不懂上海话,他却一直不停地说,不停地向我发问,不停地叫我回答。这叫我很难堪，幸好旅店并不远，车子一停，我几乎是从出租车里逃进旅店的。

三

没想到的麻烦来了。从到了上海的第一天开始，我就不知道自己要做的事应该从哪里开始。我手里没有任何线索，从哪儿去找到自己？人们都是凭借记忆寻找自己的过去与过去的自己，我要找的恰恰相反——我要寻找的是失却的记忆。记忆怎么寻找？到哪里去找？

头一天，我在街头失魂落魄地走了三小时，走得两条腿疲软了，正好遇到一处街头咖啡便坐下来，要了一杯红茶，一边掏出旅游地图来查看，想从上边的地名找出一点似曾相识的东西，忽然对面响起一句很清脆好听的英语：

"你想找一些好玩的地方吗？"

我抬头看，一个女孩坐在我对面。她带着东方女人优雅和细致的风韵，同时还有一些年轻人流行的气质，很漂亮；她柔和白皙的皮肤与乌黑光亮的长发搭配得很美。我刚要说话，她却抢先问我："你是来旅游的吗？个人自由行吗？你是哪国人？"她说完微微一笑，等着我回答，更像迫使我回答。

我说："我是法国人，第一次来上海。"我想说我不是来旅游的，可是如果她再追问下去，我就无法说清楚，所以我没再多说。

她说："我可以给你做导游。"她说得很爽快，"上海好玩的地方非常多。我们边去玩，我边向你介绍。"她的英语很好。

噢，她是做导游的，我想。我笑了笑说："我还是自己去转吧，一个人更自由些。"我婉拒了她。

"你头次来，一个人会跑丢。上海很大。我陪着你，不是你陪着我，你会很自由的。"她热情地说，只是热情得有点过分。

"我付不起导游费。很抱歉。"我坚持不要她做伴。

谁想她神秘地一笑，说：

"如果我免费导游呢？"

我很奇怪，她为什么要免费为我导游？

这时，一个矮个子、穿黄绸衫的女子走到这女子身边，她们相互用英语打招呼，似乎很熟。这黄衫女子看看我，随即改用中文说："你要为这老外做导游吗？"噢，显然这黄衫女认为我不懂中文，才说中国话。

坐在我对面这女子也改用了中国话，她说："还没说成，他说他没钱。"说完她一笑。

黄衫女说:"那你搭理这穷老外干吗?"

坐在我对面这女子说:"我不信他没钱。他是想讨价还价吧。你看他的双肩包,阿迪达斯最新款的!"

我很不喜欢她们讨论我有没有钱,便用中文对她们说:

"二位小姐想喝咖啡吗?"

她两人听到我口吐中文,一怔,并知道我已经听懂她们的交谈了,很尴尬,匆匆起身走了。

虽然这是一个小小的插曲,但因为它发生在我旅程开始的第一天,弄得我挺不舒服。

接下来我在这座城市里转了三天,愈转愈觉得我与这城市毫不相干。尽管并没有那种异域他乡的陌生感,却也没有亲和感。我说的亲和感,是那种唯有家乡才会给你的感觉。我忽然想起,我此次选择到这座城市来,不是因为这里有一条"穿城而过"的河流吗?我应该到这城市的河边看一看,说不定能找到家乡的感觉。于是,我打听到这个城市"穿城而过"的黄浦江,跑到江边著名的外滩上站了一个多小时,可是我站的时间愈长,愈没有感觉。家乡的河是从你生命里流过的,你不会对它无动于衷吧?

我进而又想，如果这座城市是生我养我之地，怎么连这城市的人们说的话一半都听不懂？我和它的隔膜不正是来自这城市的方言？地方话是一个城市最深切的乡音，如果你长期在外，一旦返回，一准要被它独有的腔调一下子感动起来才是。

于是我断定这里不是我的城市。

在我离开上海的前一天，雨果从巴黎打电话给我。他说：

"怎么样老弟，有什么叫你高兴的发现吗？"

"没有，现在还没有，老兄。"我说，"我像一个找不到妈妈的孩子，我闻不到妈妈的味道。可能是我的记忆无法挽救了。如果我下一站到了天津还是这样，我决定放弃我的过去了。"

"不要刚刚开始就说放弃，你要像考古学家那样，找到宝贝才是你的目标。"他使劲地给我的身体里打气。

四

事情发生变化了。来到天津的第一天就有一种莫名的感动从我心里冒出来。我在网上预订的旅店是在天津河北区原奥地利租界，由一所老房子改装的。房前就是海河，一看到流淌的河水缓慢而柔软，我就感到一种久违的温馨。小旅店的职工告诉我，这里原来还有一大片很漂亮的奥式建筑，都是上世纪建的，可是这些建筑十多年前全拆除了，腾出的土地都卖给开发商盖商品房了，不然这儿真有维也纳的感觉呢。我听了，心里忽地浮现出一片奥式风情的幻影。怎么，我怎么会有奥地利的印象？因为我曾经去过维也纳，还是我曾经在天津生活过，见到过这里的街区？

奇怪的是，从旅店出来，我不需要任何人的告知与点拨，信步过桥，来到一片古老的城区，我马上有一种热乎乎、被拥抱起来的感觉。我面对着一座寺庙发怔了半天，举起相机刚要拍一张照片，只听旁边一个中年男子对我说："我给您捏一张吧。"这男子以为我不懂中文，边说边用手比划，表示想帮助我拍一张旅游纪念照。

可是他为什么不说"拍一张"，而是说"捏一张"？这是这里地方话。但他这"捏一张"我听了竟感到一种熟悉，他说话的音调更使我觉得有一种说不出的亲切——甚至感动。这跟我在上海时的感觉完全不同。这就是我的乡音、我的家乡吗？

这男子热心为我拍照。他一边校正我站立的位置和姿态，一边说："这地方是我们天津人的最爱。"他只管说，也不管我这个"外国人"是否能听懂。

我便用中文对他说：

"我知道，天后宫。"

这男子听了，一怔。显然他不明白我的中文怎么会说得这么好，或是不明白我怎么会知道天后宫。他给我拍过照片后，把相机还给我，说了一句："你这老外还真有学问，居然还知道天后宫！"说完乐呵呵摆摆手走了。

我也不明白，自己从哪儿知道的"天后宫"。当时，我并没有瞧见庙前匾上边的字啊，难道我"未卜先知"，还是我前世到过这里？

于是我去到庙里庙外转一转，真好似童年时来过这里。

我在这城市里整整转了三天，我觉得就像在梦里转悠，或者梦在我脑袋里转悠，常常感到似曾相识。我渐渐感觉这里就是我的家乡。可是，似乎还有一层纸蒙在这一切一切的东西上边，我捅不开这层纸，我走不进去，我离它似乎只差一步。我好像无法一下子从一个浑浑噩噩的梦里醒来，无法回到现实，这感觉难受极了。这是一种记忆开始恢复的迹象或征兆吗？但这比完全失去记忆还要难受。后来，我明白了，现在似乎只是一种家乡神奇的魅力感染了我，但我还是没从中找到"我"，还是没把失忆中的自己找回来。我仍在失忆里。我怎样才能穿过这一道无形的反人性的铜墙铁壁？

一天，我走进一个街区，感觉非常奇特。这里的树木、街景、建筑、色彩我都熟悉至极。我好像曾经生活在这里。我看看街牌，上边写着"光明路"，这路名好像一下子敲响我的心。我很激动。我好像一努力就从这里回到自己的过去了。这几天，从没有感觉到距离我自己这么近！我怎么办？我似乎还差一步，只差哪里伸过一只手来一下子把我拉了过去。

我忽然想，我如果生活或工作在这里，这里就会有我的熟人。如果我一直站在这儿，早晚就会有认识我的人发现到我。我失忆了，认不出他们，但他们会认得我，叫出我的名字。我一旦听到我的名字，会不会瞬间就回来了？

于是我站在街头，四处张望，想方设法叫人注意我，尽力与来往的每个人打照面，巴望着一个人认出我，叫出我的名字。可是我傻傻地站了两个多小时，直到腰酸腿软，希望渐渐渺茫，正打算撤退时，忽然一个矮个子的人对我"呀！"地一叫。这人穿着西装，拿着公事包，像个在办公室干活的白领。我对他说：

"你认得我？"

这人用英语说：

"是啊,你不是那个、那个、那个……"

他好像一时想不起我的名字,样子很着急,但我比他还急。我的名字就在他嘴里。我太需要知道我的中国名字了!我等着他,他忽然笑了,看样子他想起我来了,他朝我叫着说:

"你不是法朗士吗?"

"我是法朗士?"我说,我有点糊涂,我怎么会是法朗士?哪儿来的法朗士?

这人指着我笑道:"我记起你来了,你曾经在我们国泰大楼三楼那个电脑公司上班。人家都说你是非常棒的工程师。听说你大前年回国了。现在你又回来了?你还在那家公司工作吗?我是大楼财务总监,姓杨,名纯。"他说着说着,表情忽然变了,显然他看到我满脸狐疑。他问我:"我是不是认错人了?"

我已经十分失望。我用英语说:

"是的,你认错了。我不是法朗士,我叫杰森。"

等这人走后,我才明白,我今天其实是白白地在大街上站了两个多小时。我的脸经过整容已经完全改变,即使曾经认识我的人,现在也不可能再认出我来!此时我已经变成一个高鼻深目的外国人,所以这位杨纯先生才把我误认作法朗士。我已经永远不是原先的我了。即使我真的找到自己的过去,回去——回家,谁会相信我是曾经那个我?

多瑙河峡谷

五

  一个人永远不会知道明天自己会做出什么样的决定。因为，人很难知道明天会遇上什么事，到底是好事还是坏事。

  我后天就该回巴黎了。我的旅行期限快到了，手里的钱也不多了。我想再做最后一点努力。一扇怎么也打不开的门，常常会在最后一刻忽然打开。我总觉得我的记忆一定卡在什么地方，就像电脑死机。对于不懂电脑的人，会以为电脑坏了，扔了算了，不知道问题往往就卡在某一个小小的程序性的错误上，如果碰巧弄对了，说不定就会"天下大吉"。所以我又跑到光明路那边，那里好像有我可以回到昨天的时光隧道。

  在我穿过一条窄街时，看到一位老人坐在道边喘气，喘得急促，似乎很难受。我过去用中文问他：

  "你不好受吗？"

  老人见我模样是一个外国人，怔了一下，还是对我说了：

  "我的心慌得厉害，胸口憋得难受。"

  我认为他犯了心脏病，赶紧招呼出租车，送他去医院。我扶着他，用手指按他手腕上的脉搏。他的脉跳得急促得可怕。到了医院，赶紧招呼医院的救护人员。我付了车费，跑到急救室，一位医生对我说："你是病人的什么人？赶紧去挂号。"

我不知该怎么回答。我不知这老人的姓名，没办法去挂号。没想到老人的神志还清醒，他听到了，有气无力地对医生说："别找他，人家和我没关系。找我儿子，手机12566337878，赵大路。"

我赶快与赵大路联系上，但我对老人放心不下，一直等他儿子赵大路来到才告辞离去。赵大路对我千恩万谢，晚间我回到旅店，看到赵大路正在旅店的大堂里等我。他说他父亲是急性心肌梗死，幸亏我出手相救，抢救及时，已脱离危险。他称我是他家的恩人，晚间非要请我吃饭。他的真情难以谢绝。晚间吃饭时，他称赞我的中文与口语之好，是他先前从未见过的。他甚至不相信我自称是在法国学习的中文。他说我"除非有中国的血缘"。使他感到惊奇的是，我说的中国话居然还有一点天津本地口音。这就使我更加确信天津与我的关系非同寻常。我无法对他实话实说。我的故事太离奇，甚至有点荒诞，一个模样确凿无疑的外国人怎么可能是中国人？我只好编了谎，说我母亲是中国人，早已离世。赵大路说："怪不得！一个人从小使用惯了一种方言或口音，只要超过十五岁，就很难改变。"他还笑道:"你除去长相是法国人,很多地方——比如动作、手势等等也都像中国人。"

他这话说到我的痛处。赵大路这人很敏感,他看到我表情有些变化,问我:"怎么,你不舒服吗?"

我说:"没有,我只是想起自己的过去。"随后又加上一句,"想起我的母亲。"

赵大路听了,沉一下,说:"是,我的母亲也没了,因此对我年老的父亲更在乎。"

赵大路对于我如此深爱这座城市感到有趣。他问我是否去过法租界,告诉我天津是一座兼有中国本土气质与西洋风的城市,愈看会知道的东西愈多,知道的东西愈多就会愈有兴趣。他说旅游者从来只是个匆匆过客,浅尝辄止。他给我出个好主意。他说凭我的中文和英文,完全可以在这城市里胜任英文家教或者在一所私立学校做英文教师的工作。只要有机会在这城市里生活一段时间,便会真正深入到这城市的文化中。他说他在一所中学里做教务工作,在这方面有许多资源。如果我愿意,他可以出面帮助,介绍一份工作给我。他热心又真心。

他这些话,好像要为我圆一个梦。

我带着这团美梦般的幻想问他,这件事能够实现吗?

赵大路听了，眼睛一亮，他说："我想起来，一个朋友不久前托到我说，请我帮他兄弟请一位英语家教，时间在两个月后的暑期，你应该是最棒的人选。这人的家庭条件非常好，可以给你安排住处。你的收入也不会低。"跟着说："我马上可以与他联系。你是明天下午的飞机，上午还有时间，你们正好可以先见上一面。"这位赵大路帮助人时还是个急性子。

这叫我心花怒放。

转天上午，赵大路到旅店来，带来两个人，一个成年人，很壮实，满面油亮，看穿戴就知道阔绰富有；一个是少年男孩，十多岁吧，长得白皙略瘦。头一眼看上去就不像父子。这成年人叫罗金顶，男孩叫小伟。不知为什么，一听这"小伟"二字，我的心一动。罗金顶和我握手后，正好手机响了，他走到一边接听手机时，赵大路小声对我说，罗金顶是这孩子小伟的继父。他不认识这家人，只知道小伟的父亲前两三年出国时失踪了。不知怎么回事，这个信息一下子把我与这孩子联系起来。可是我的记忆里已经没有我的家庭、孩子、妻子、父母、亲人以及自己的一切。我凭什么说这个失去父亲的小伟会与我有关？

可是当我的目光碰到小伟那双并不明亮的深灰色的眼睛时，我的心又一动。我仿佛一下找到那个时光隧道的洞口。我想一下子扎进去,却听见一个浑厚的声音:"你喜欢我们的小伟,是吧?"说话这人原来是罗金顶,他说:"小伟这孩子很聪明,只是没有碰到一位好的英语老师。"

赵大路笑道:"这位杰森先生在北大教书都没问题。"

在接下来的谈话中,我的英文很快就使罗金顶兴奋不已了。他问小伟:"你喜欢这位老师吗?他的中文可比我说得还好。"

谁料小伟说了这么一句话:"我妈妈说,她不喜欢法国来的老师教我英文。"

这叫我们大家一怔。罗金顶和赵大路完全不明白这句话是怎么回事,我似乎恍恍惚惚感到其中的一丝什么深意。

虽然,小伟的妈妈根本不知我是谁,我也完全没有"妻子"的记忆,不知为什么,却感到这其中有一个老天爷才知道的秘密。生活本身真的这么残酷吗?如果我继续在这神秘未知的世界里追根求源,恐怕就要陷入一种真正的现实的痛楚和无奈中。我绝对改变不了现实。更深的痛楚还要找上自己。看来无论任何人到头来还是只能顺从命运了。

我在胡思乱想,脑袋乱无头绪。赵大路说了一句话:"你们先说好了,别说死了。临近再定,好吧?"这才把我拉回到现实。

于是我和罗金顶客气地做了一个务虚的约定,谢过赵大路,下午登机返回巴黎。

在戴高乐机场出口，我一眼就看到我的三位朋友在栏杆外朝我挥手。赛琳娜举着一把杂色的野花向我使劲地摆着，他们迎上来的第一句话是："怎么样，你找到自己了吗？"

我笑容满面地说："是的，我是杰森。"

他们只是怔了一会儿，跟着一拥而上，把我紧紧拥在他们中央。

一年后我在波尔图一个学院谋到一个华语教学的工作。我很称职，干得快活又起劲。波尔图有世界上最好的葡萄酒。每到夏天假期我都向巴黎的三位朋友发出邀请，我与他们在波尔图灿烂的阳光里一起享受大自然的琼浆玉液与人间的蜂蜜。这期间，还有一个喜欢中国宋词的法国女孩喜欢上我。她叫萨皮娜，个子不高，笑起来很美，嘿，我活得很满足。

一天，在整整下了一天的瓢泼的夏雨里，我睡在床上，奇迹不请自来，我忽然感到一个遥远的记忆一点点鲜活地出现了。你知道失忆后的恢复是一种什么感觉吗？像神仙显灵吗？

对我可不是！

曾经在我苦苦寻求它时，它避而不见，毫无悲悯。现在，

215

当我丢下了它,它却来找我,戏弄我吗?不,我决心再不去碰它。我决心拒绝回忆。我更需要的是保护好自己当下真实的生活。我跳下床来,开门跑出去,站在大雨中,任凭又急又凉的雨水肆意淋浇,把我清醒地浇回到实实在在的现实中。

二〇二〇年二月二日初稿
二〇二一年三月十六日定稿